D1538686

» LA GAJA SCIENZA «

VOLUME 328

DI BUONA FAMIGLIA

Romanzo
di ISABELLA
BOSSI FEDRIGOTTI

LONGANESI & C.
MILANO

ISBN 88-304-1005-5

I edizione marzo 1991
II edizione giugno 1991
III edizione luglio 1991
IV edizione agosto 1991
V edizione settembre 1991
VI edizione settembre 1991
VII edizione ottobre 1991
VIII edizione novembre 1991

DI BUONA FAMIGLIA

A Ettore

CLARA

SEI una sopravvissuta. Tu e la tua casa, le tue stanze, i letti, le fotografie che tieni intorno come immagini di un cimitero personale. Avanzi di un altro mondo sono i tuoi vestiti, le scarpe che cerchi sempre di modello antiquato simili alle precedenti e alle precedenti delle precedenti. Più nessuna è pettinata come te: non le vecchie dei paesi con troppe forcine per tenere i pochi capelli di una magra treccia; non le signore di città con i corti ciuffetti piegati all'indietro, rigidi come creste di una gallina. Sei fuori tempo con la tua pettinatura a onde, passata di moda prima ancora che te la facessi.

Sei una sopravvissuta perché non ti rassegni alla tua età e ancora stai davanti allo specchio, ti guardi e ti trovi vecchia, ma qualche volta non sei troppo scontenta di te. Metti la cipria – troppa, perché non ci vedi più tanto bene –, il rossetto se qualcuno deve venire e, sui capelli, lo spray che compie il miracolo di tenerli a posto anche quando stai nell'orto a testa in giù per estirpare erbacce o prendere l'insalata. C'è uno pagato per farlo, una volta la settimana, ma è trascurato e poi, per l'insalata, una settimana è lunga. Ti piacciono ancora le foglie fresche, croccanti. Sei fuori dal mondo perché alla tua età bisognerebbe aver chiuso con tutto e soltanto stare ad aspettare; mettere ordine nella vita, disporre di questo e di quello, scrivere su quadri e mobili il nome di chi li avrà e segnare ogni cosa su un quaderno affinché non ci siano liti quando te ne sarai andata. Forse dovresti stare un po' più con la famiglia perché non li avrai per tanto e non è bello che si ricordino di te come di una vecchia capricciosa.

Sai bene che qualche volta si vergognano di te, ti vorrebbero serena e saggia, decorosa. Vorrebbero che fossi felice quando vengono a trovarti con le scatole di cioccolatini che non ti sono piaciuti mai – ma cosa si porta in dono a una vecchia? –, vorrebbero che fossi grata per le ore che passano con te, per le attenzioni. E che ti rendessi conto che per loro è un piacere, ma anche uno sforzo, portarti al ristorante, tre-quattro volte l'anno, quando ti metti quei cappellini antichi che rifiuti di togliere persino a tavola. Ogni volta scegli un buon vino bianco – perché i sapori ancora li senti – e sai bene che loro troverebbero più adatto un succo di frutta o un'acqua minerale. Mangi due primi e poi il dolce, oppure il secondo prima del primo o anche un'insalata e due dolci, come ne hai voglia, e sai che loro sospirano.

Sorridono, ma è come se vedessi – o è un'illusione della tua vecchia testa? – le bocche tirarsi un poco, gli occhi sbattere leggermente per il nervoso. Quando ordinano al cameriere, fanno battute bonarie sull'appetito degli anziani, o sulla particolare personalità della zia, in modo da precedere il suo stupore per la minestra che segue la carne o il pesce. Dopo accendi anche una sigaretta – un capriccio che ti è venuto negli ultimi anni per non andare via dal mondo senza aver provato questo piacere – e lo trovano stravagante e inutile. Quando ce l'hai con loro per uno sguardo troppo avido abbandonato sopra qualcuno dei ninnoli che tieni in casa o per una frase che ti è suonata male nelle orecchie, ordini anche un bicchierino di grappa. Così, andandosene dopo la visita, potranno dire: « Non è più soltanto vino, adesso beve anche grappa ».

Dopo non sei contenta della tua malignità e anzi, una volta tornata a casa, ti immalinconisci e non sai se è perché ti vergogni di te o perché hai di nuovo modo di ripensare alla tua vita. Dovresti aver chiuso con i sentimenti, con la rabbia e le ripicche, le vendette e le cattiverie. Chiuso anche con gli affetti, per la casa, il verde, l'orto, i monti in fondo, per il fiume grosso e sporco ma sempre uguale ai tuoi occhi miopi e non vedi – non vuoi vedere – le villette cresciute intorno ai paesi di montagna dove da un pezzo non vai a trovare qualcuno perché la macchina non hai mai voluto guidarla e a piedi non ce la fai più. In corriera non ti piace, non hai voglia che ti guardino per tutto il tempo che dura il viaggio. « Dove andrà la vecchia? Guarda com'è malridotta, chi prenderà tutto quando lei non ci sarà più? » Ti par di sentire le chiacchiere e anche l'odore della gente: preferisci non andare. Certo « loro » potrebbero accompagnarti prima di portarti al ristorante quelle tre-quattro volte l'anno, o anche al posto del ristorante. Ma poi cosa te ne faresti di stare in una cucina a chiacchierare di cose vecchie, a ricordare malattie e morti, e sospirare? Dentro loro si seccherebbero di venire, infastiditi dall'odor di chiuso, di gonne e ciabatte, e tantomeno gradirebbero il bicchierino o la tazza di caffè. Dovrebbero rimanere giù in strada a girare tra le case, ma non avrebbero niente da vedere. Sarebbero d'ingombro, troppo eleganti per quei paesi, li guarderebbero da ogni finestra; invece di esserne fiera e raccontare « guardi chi mi è venuto a trovare », ti vergogneresti di quei loro modi disinvolti, del loro parlare cittadino. Non sanno più il dialetto e se lo sanno fanno finta di averlo dimenticato. Ma sei vecchia e vedi tutto nero.

Quando vengono in visita portano i bambini affinché tu ti intenerisca. Sono allenati, indottrinati: « Cara zia, ti voglio bene, buongiorno, buonasera, grazie, che bello, mi dai questo, mi dai quello ». Tu dai questo e quello; qualche volta dici di no, per un cucchiaio, un vasetto, un libro, un portacenere. « Questo mi serve ancora », dici, con voce più quieta possibile, perché non vuoi sembrare una vecchia acida attaccata alle cose che tra poco dovrai lasciare. Si sentono allora imbarazzati, i parenti adulti. Protestano.

« Ma per carità, non chiedere niente alla zia. » Capiscono che non sta bene portar via le cose care a una vecchia, che tanto tra non molto avranno tutto. Ma ti vergogni anche tu, perché in effetti sei una vecchia acida attaccata ai tuoi oggetti. Certo potresti fare a meno di un cucchiaio, un vasetto o un portacenere, ma ti secchi che un po' per volta cerchino di prendersi tutto e per ripicca non glielo vuoi dare. « Mandano avanti i bambini », pensi, perché temono qualche tuo capriccio, che tu voglia cambiare il testamento o preferire un nipote più lontano.

Poi ti dispiaci delle idee cattive. Regali allora quel cucchiaio, quasi di forza. Ti mostri allegra e conciliante, tiri fuori un'altra sorpresa e fai la prozia come se lo aspettano. Del resto è sempre meglio quando portano i bambini, anche se chiedono, toccano, vogliono questo e quello. Almeno non c'è l'imbarazzo di quando vengono da soli, che bisogna far conversazione, chiedere notizie, interessarsi ai loro lavori, ai passatempi, alle vicende. Le mogli fingono di ammirare la tua casa, o l'ammirano davvero, ma sempre con occhio rapace – così ti sembra – e mostrano di riconoscere gli stili dei mobili, l'epoca dei quadri. Toccano le cornici, sfiorano le cose come chi se ne intende, girano i piatti per vedere il marchio. Chiamano i mariti con voce modulata: « Guarda questo acquerello! » o « Vedi le belle salierine! », come se stessero in un museo. Fino a qualche anno fa avrebbero disprezzato il tuo vecchiume, buttato tutto se fosse dipeso da loro; ma ora la moda è cambiata, hanno capito che nelle loro case lisce e senza calore ci starebbe bene uno dei tuoi armadi, o un cassettone, o lo specchio con la cornice dorata. Senti che in silenzio fanno i loro calcoli, sistemano l'appartamento; a stento si trattengono dal chiedere: « Questo sarà per me? » ma tu capisci lo stesso. Apposta non pulisci, non metti in ordine prima che arrivino, perché si disgustino di girare per le camere;

che almeno non vadano in stanza da letto a scrutare le foto, vedere i libri sul comodino, magari aprirli per controllare fino a dove sei arrivata.

Quando ci sono loro la casa non ti pare più tua; sai che ridono delle tue manie di mettere le briciole sul davanzale o di riscaldare poco perché il caldo ti fa soffocare o di accendere la luce il più tardi possibile perché ti piace il colore della sera. Pensano che sei tirchia e invece è perché sei stata abituata così; ma non hai voglia di spiegare, lasci che ridano.

Quando se ne vanno sei di nuovo contenta, verso la fine della visita il tuo umore torna allegro ed è difficile nasconderlo. È successo anche che ti sia scappata una lacrima salutandoli – e allora non sanno più dove guardare – ma piangi sulla tua solitudine, sui tuoi anni, sulla vita che non è stata bella, non piangi per loro. Scendi fino in strada ad accompagnarli e poi muovi la mano finché riesci a vedere l'automobile e sai che a quel punto loro si commuovono; te lo scrivono poi ogni volta. Ti vedono sola sotto il portone, non più salda come un tempo, con le braccia e le gambe magre, i capelli che non resistono al vento. Ti vedono come tu ti vedi, con il vestito non sempre in ordine, con le scarpe antiquate, gli occhi che non guardano. Torni dentro, sali le scale di pietra, entri nelle stanze, tocchi le tue cose e la casa è di nuovo tua; spegni le luci per goderti i colori che vengono da fuori, apri le finestre per far andar via l'odore delle sigarette e dell'eau de toilette, metti via i bicchierini in cui hai offerto da bere e i cioccolatini che ti hanno portato: finiscono in un cassetto dove resteranno fino a diventare bianchi, a meno che non te ne ricordi prima e li regali a Beppina che pulisce, stira e ti fa da mangiare.

Sei di nuovo sola ma, essendolo stata tutta la vita, è la condizione in cui ti ritrovi meglio. A volte vai fuori, nel tuo giardino mezzo orto, selvatico come piace a te e non a loro. Ti parlano sempre di aiuole, di un tipo o l'altro di fiori, qualità nuove, azzurre invece di bianche, oppure rose senza spine per non farsi male quando le cogli. Propongono vialetti di ghiaia, alberelli da frutto che sono decorativi, che fanno mele piccole non da mangiare. Detesti le aiuole e i vialetti, i fiori che sono di moda e gli alberi piantati per bellezza. Dell'erba speciale, che fa prati come tappeti, non sai che fartene. Nell'erba vuoi vedere il trifoglio e il dente di cane e la lasci crescere alta, che ci ronzino le api e le cavallette. Anche le erbacce ci stanno bene, le fai andare un poco tra i fiori e sugli stradini, basta che non tocchino la verdura, le fragole, i ribes, da dove le strappi con accanimento, perché l'orto ti piace pulito. Invece nel giardino sei più felice quando l'erba è irregolare e ondeggia nel vento; quando i cespugli si allargano in tutte le direzioni, i rampicanti vanno a toccare le finestre di casa e gli odori si mischiano.

Te ne stai fuori seduta sulla tua seggiolina pieghevole, le calze spesse che non si smagliano tra le rose, con qualcosa da leggere che di solito non leggi perché i pensieri ti scappano indietro e le storie dei giornali ti interessano sempre meno; sì, ti piace riprendere in mano qualche libro vecchio di cui negli anni hai dimenticato la storia, ma anche quello dopo un po' ti scivola via e tiri su la testa a vedere il niente, d'improvviso come ciechi gli occhi del corpo e svegli solo quelli che hai dentro. Ti trova poi lì Beppina quando scende a prenderti per dirti che è meglio tornare a casa, che l'aria si sta facendo fresca. È vecchia quasi come te ed è l'ultima che ti conosce davvero, l'ultima che sa come devono essere fatte le cose, come vuoi che ti sia apparecchiata la tavola, tostato il pane, saltate le patate, scure, quasi bruciate. Sa come vuoi i fiori in casa, non tutti lunghi uguali, ma mescolati al verde, fiori piccoli e corti. Sa i dolci che ti piacciono, per il compleanno sempre la torta di cioccolato, mai creme o pasticci con sapore di rosolio o maraschino e neanche roba secca, che dai agli uccelli. Per le feste Beppina prepara il menù giusto, senza che tu debba dire niente, conosce le tue cerimonie di tutto l'anno, per i morti, Pasqua, l'Avvento e Natale. Sa come vuoi l'albero, dove tieni i pezzi del presepio, come ti piace il cielo di carta e da che parte deve guardare Gesù Bambino. È più conservatrice di te, che ogni tanto un'innovazione te la permetti: se trova qualcosa di cambiato se ne accorge subito e ti chiede come mai.

A Beppina è dispiaciuto che non ti sei mai sposata, più che a te; anche lei è rimasta senza marito ma dice che non gliene importa. Un tempo stava sempre con te, adesso va via la sera e il sabato e la domenica la tengono a casa per badare ai bambini di una nipote. « Se ha bisogno però vengo da lei », ripete, ma tu non hai bisogno. La guardi mentre più fragile di te si china a raccogliere la tua roba, il seggiolino, il libro e le forbici dei fiori: trovano tutti naturale che tocchi a Beppina fare i lavori, piegarsi, faticare, andarti a prendere le cose che tu dimentichi su e giù per le scale. Ne è convinta anche lei; lei che è più debole di te, che non mangia quasi niente, che non cammina più tanto bene. Ma se qualche volta cerchi di fare le cose al suo posto, non vuole, si vergogna. « Lasci stare », dice, « tocca a me, non mi faccia sentire una vecchia inutile. » Hai anche cercato qualche volta di essere democratica, di farla mangiare a tavola con te, ma Beppina si tira indietro. Dice: « Questi non sono usi nostri » e torna ad apparecchiare per una persona soltanto. È gelosa di te e non le piace quando vengono i parenti, non per l'eredità, che tanto non se la godrebbe più, ma per l'affetto. Allora sparisce, non ti compare intorno come fa di solito, sta silenziosa, ritirata in cucina, con la piega dura della bocca e gli occhi scuri.

Loro la chiamano, la sollecitano, lodano un piatto o l'altro, vogliono tenersela amica perché s'immaginano che tu l'ascolti. Una volta fuori diranno, invece: « Che demonio quella donna! » Beppina è chiacchierina ma timida, con le mani sotto il grembiule, con una brutta tosse, ultimamente, che ti preoccupa. Quando non ha niente da fare – e granché non è più necessario fare nella casa – sta seduta in cucina, in pizzo a una sedia accostata al tavolone, e beve caffè.

Dopo la minestrina e le ciliegie cotte – ottant'anni fa mangiavi le stesse cose – sali in camera dove ti ha preparato la brocca dell'acqua calda con l'asciugamano appoggiato sopra, in modo che lo trovi tiepido e un po' umido. Il bagno, chissà perché, è stato fatto troppo lontano e la sera, quando sei sola, non ti va di andare per i corridoi. Stai chiusa nella tua stanza come dentro una fortezza: non hai paura, ma neanche ti piace, non ti sei mai abituata alle ombre di casa tua, al buio dietro gli spigoli, allo scricchiolare dei pavimenti. Stai a letto con la luce accesa a lungo; preghi prima, finché sei ancora sveglia, ripassi le foto dei tuoi morti – una famiglia che si allarga sempre più –, poi leggi il giornale di tre giorni fa di cui ti sei tenuta qualcosa, riprendi una lettera non ancora terminata, controlli dei conti, fai tutto per non lasciare andare i pensieri che con il buio salgono come la nebbia dai prati.

Spegni la luce e ascolti i rumori della casa, le foglie dell'albero contro un vetro, il legno vecchio dei mobili che non sta mai zitto, il vento che accarezza i rampicanti fuori sul muro. Senti gli odori: quello leggero della cera messa la settimana scorsa, misto a un resto di cucina e a quello fresco che viene dalla finestra, già quasi d'autunno.

Per ricordarti com'eri ottant'anni fa, devi guardare le foto. Piccole, coi bordi frastagliati, incollate dentro l'album di carta nera, con la scrittura elegante di tua madre, un po' inclinata, bella e difficile da leggere, che commenta le immagini con una didascalia. « Noi due » sotto una foto di papà e mamma vestiti e impettiti come due vecchi ma coi visi da bambini: appena sposati, si tengono sotto braccio con il sole negli occhi che indurisce la faccia. Poi « Io con Clara e Virginia » dove la mamma sembra più giovane di quando si era sposata e tiene abbracciata tua sorella Virginia, paffuta e ridente con le braccia stese. E tu, ossuta nel tuo vestito da festa, bianco probabilmente, che ti pende un po' di lato, forse perché non stai ben dritta come si dovrebbe. Non ridi, non sei mai stata una ridanciana.

Lo sfondo – brandelli di prato e molto fogliame d'alberi – ti dice che eravate nella tua casa di ora, solo che nel giardino dovevano esserci più piante di adesso, e che l'aria era diversa. Più ordine c'era in quel giardino, più curati il prato e i fiori, più eleganti i vestiti, perfettamente sereni gli sguardi e il piegar delle teste. Nostalgia ancora non ce l'hai perché è solo un'immagine e non un ricordo, ma basta andare avanti, arrivare a toccare il punto in cui la carta si animerà, svegliata dalla memoria.

Sai comunque che già da piccola stavi in questa casa e acquista un senso quel « nata a M. » che porti sui documenti. Tua madre giovane ti par di ricordarla – ma forse ti tornano in mente i discorsi di chi te l'ha raccontata – con la bella faccia antica e gli occhi spaventati. Buona era la mamma e anche allegra sarebbe stata se glielo avessero permesso: invece stava in ansia a spiare il viso di papà per capire se tutto andava come doveva. Non fosse stato per quegli occhi avresti detto che era contenta di stare sottomessa.

Ti hanno raccontato che è stato il matrimonio a cambiarla, che prima era scherzosa, con idee sue, testarda e di umore buono. Che fosse stata come te che fai vergognare i parenti – apposta – con i tuoi gusti bizzarri e i capricci da vecchia? Con papà è stato un matrimonio combinato dai nonni perché allora non succedeva tanto spesso – almeno tra i signori – che ci si sposasse per amore. Eppure ricordi che la mamma piangeva quando morì tuo padre, e come diceva sconsolata: « Adesso che faccio? Perché il Signore non chiama anche me? » Per settimane era rimasta con gli occhi rossi; eppure mai una volta che avesse detto: « Quanto lo amavo » o « Come ci volevamo bene », chissà se sono parole che mamma ha mai detto o se le si sono seccate in bocca per non averle potute usare con nessuno. Ah sì, diceva tenerezze a te e Virginia, ma solo se il papà non vedeva perché altrimenti rischiava di essere rimproverata. Ricordi che veniva in camera qualche volta come di nascosto, quando era già buio, e si sedeva sul letto, stando lì ferma a guardarti.

Non ti muovevi, appena respiravi per non farla andare via e aspettavi una parola o una carezza ma veniva solo la piccola croce sulla fronte segnata leggera con il pollice. Ti piaceva quella magia notturna. Nonostante le croci, le preghiere e le Messe non solo la domenica ma anche negli onomastici e compleanni dei familiari e negli anniversari dei morti tua madre non era molto di chiesa. Erano cose che andavano fatte, per via della nonna, sua suocera cui non sfuggiva niente: cambiare le regole sarebbe stato uno scandalo. Ma ricordi come, in ginocchio in chiesa vicino a te, più che pregare si guardava in giro curiosa della gente e dei fiori sugli altari, o come sfogliava il suo gran libro da

Messa a rimirare le cose che ci teneva dentro: i fiori secchi colti in qualche passeggiata, un biglietto, le immaginette dei morti, un nastro, una ciocca di capelli – il primo ricciolo tagliato a te e Virginia. Finivano lì, dentro i suoi oggetti sacri che la intrattenevano durante una predica lunga e nelle grandi Messe cantate. Un elastico nero teneva chiuso il libro e mai ti saresti permessa di toccarlo. Lo conservava sul cassettone della sua stanza, appoggiato sul velo di pizzo nero ben piegato che un tempo le donne si mettevano in testa per andare in chiesa, poi solo per la comunione, poi più niente affatto.

Hai osato aprirlo quando morì e tra le pagine sottili delle Messe in latino e dei canti mai più uditi hai trovato anche una ricetta di cucina per un soufflé che piaceva a tuo padre. Ti torna in mente come lui lo lodava, per averlo assaggiato, in casa d'altri però. « Perché qui non si riesce mai a mangiare in modo decente, con quel che spendo in personale? » aggiungeva ogni volta e la mamma faceva la faccia infelice. Ricordi com'era difficile il papà con il cibo e come mangiasse con gli occhi.

A tavola aveva la mania delle salse, dappertutto: gli davano l'idea di cucina raffinata, forse francese. Voleva pesce, mousse di verdura e sempre dolci, altrimenti si serviva pochissimo e spingeva metà della porzione su un lato del piatto con faccia annoiata. « Ma il pesce costa », protestava la mamma cui piacevano patate, salsicce e pane nero. « Con quello che spendiamo in stupidaggini! » si seccava il papà e su quel pesce scoppiavano litigi sotterranei, senza grida o facce rosse – « per riguardo ai domestici e alle bambine » –, ma che si trascinavano dietro lunghi rancori. Sempre a tavola venivano fuori le questioni. Una volta era per una torta che, per l'ansia di dolci di tuo padre, la mamma aveva preso dal pasticciere invece di ordinarla alla cuoca; un'altra per un fagiano tagliato male, per le fette troppo spesse di arrosto, per una minestra bollente su cui bisognava soffiare o per dell'insalata non condita giusta. Tuo padre era meglio di quel che dici ora, ma aveva scelto questa storia del cibo per tormentare tua madre, e la loro guerra, iniziata per chissà quale remota scaramuccia di gioventù, si combatteva su spinaci, patate, salsa e soufflé.

Quando papà fu vecchio, magro e quasi incavato, che non gli andava di mangiare più niente nonostante il pesce e i dolci che la mamma gli inventava ogni giorno, ti fece pena. I pantaloni, di indistruttibile stoffa fatti innumerevoli anni prima, gli stavano larghi e con le bretelle se li tirava su fino al petto. Anche troppo lunghi gli erano diventati e gli scendevano a coprire le belle scarpe bianche e marrone che ha portato nei giorni di festa di tutta la sua vita. Ma se mamma proponeva di farli aggiustare si raddrizzava, tirava su le spalle protestando che andavano bene e si infuriava se lei insisteva. Ti fece pena quando gli andò giù la vista, tanto che spesso non distingueva te da tua sorella e chiedeva: « Chi sei delle due? C'è buio stasera e siete così somiglianti... » Invece succedeva in pieno giorno e da tua sorella sei sempre stata diversa, non solo perché eri scura e lei bionda. Papà voleva far tutto da solo fingendo di essere quello di una volta.

A quel tempo dormivi nella stanza accanto alla sua e sentivi che sbadigliava, si girava, sospirava ogni tanto, sveglio per quasi tutta la notte. Chissà con quali pensieri, ti chiedevi tu, sveglia a tua volta ma senza dirvi mai una parola, in silenzio, fingendo entrambi di dormire. In quelle notti – le ultime – ma un po' anche prima gli hai perdonato le sue ingiustizie, le preferenze. È morto senza che glielo potessi dire. Tu sei stata zitta perché solo alla fine ti si era spento il rancore; lui ha taciuto perché pensava di aver « agito per il meglio ».

IL primo ricordo di te, non indotto da racconti o immagini, si calcola in chilogrammi e non in anni: sei tu che pesi tredici chili sulla grande bilancia delle patate nel ripostiglio dell'orto. Visto che a tredici chili è difficile saper leggere i numeri, pensi che sia stato Giovanni, il giardiniere, a spostare i pesi e a dirti il risultato. Ma negli anni hai anche appreso che a tredici chili si sa appena camminare, forse non ancora parlare, e concludi che deve essere stata falsa la bilancia. Nel ripostiglio la bilancia c'è ancora, la stessa, ferma lì da più di cent'anni, solo che non ci sei più salita per controllare se dice il vero.

« Le bambine » eravate tu e lei, Clara e Virginia, sempre nominate insieme, appaiate, vestite uguali, a dormire nella stessa stanza, stessi giochi e regali per l'una e per l'altra, stesse lezioni di pianoforte e disegno, più tardi danza. Senza badare ai talenti di ciascuna, ai gusti che potevano essere diversi: tu amavi il disegno, lei la danza, nessuna il pianoforte, a te piacevano i vestiti larghi e a lei quelli stretti, tu sceglievi il cioccolato al latte, lei quello amaro. Soprattutto Virginia era una bellezza. Non perse le sue belle forme neppure ai tempi dello sfollamento quando, entrata in guerra l'Italia, i paesi dove passava il fronte furono svuotati e gli abitanti portati via nel cuore dell'Austria... Quelli buoni almeno, perché quelli cattivi, italianissimi o in sospetto di esserlo, finivano al campo di prigionia.

Ci mandarono anche tuo zio, fratello di papà e diverso da lui. Vostro padre austriacante, peccatore e devoto; lo zio Francesco italianissimo, disordinato, studioso di erbe e piante, scapolo e per niente di chiesa, ma allegro e amato molto dalle nipoti. Sapeva il tedesco meglio di tutti, perché studiava la sua materia sui libri stampati in gotico e conosceva le frasi difficili degli scienziati, ma usava l'italiano. Delle sue idee non si faceva parola: la vostra era una casa austriaca e parlare dell'Italia come di un vero Paese sarebbe sembrato sconveniente.

Francesco tornò diverso dai tre anni di prigionia, spento, magro, strano nella testa. Lasciò la sua casa di M. e andò a stare in un paesino, troppo lontano per arrivarci facilmente, troppo vicino per dedicarvi un viaggio apposta. Si fece vedere una, due volte, giunsero per un certo tempo anche le sue lettere, finché non se ne sentì più nulla. A volte, forse per Natale, mandava una sua foto che il papà inseriva dentro la cornice di un'altra più grande, sostituendola di anno in anno. Te lo ricordi vestito di bianco, con una gran barba e un bastone per appoggiarsi. Dietro scriveva: « Vivissimi auguri al mio diletto fratello e alla sua augusta famiglia ». Sempre la stessa frase, o pressappoco, scritta in italiano, mai in tedesco.

Morì presto, ma nessuno se ne curò e di un funerale non ti ricordi. Probabilmente tuo padre e tua madre ci andarono, ma in casa non se ne parlò. Un parente dimenticato, scomodo prima per le sue idee italiane, poi per le sue idee bislacche. Anni e anni dopo, quando tu sola eri rimasta della famiglia, o almeno l'unica a considerarsi ancora di famiglia, ti arrivò un avviso dal sindaco del suo paese annunciandoti che, passati cinquant'anni dalla morte dello zio, per le sue ossa non c'era più posto al cimitero. Che provvedessi a pagare o ti venissi a prendere le spoglie. Andasti naturalmente, con la corriera, poiché nessuno dei nipoti ebbe tempo per portarti in macchina. « Si potrà mandare per posta una cassa da morto? » ti eri chiesta durante il viaggio. « Oppure sistemarla nel bagagliaio della corriera? »

Ti ritrovasti in corriera con una cassetta non più grande

di una custodia da violino, una scatola di legno di pino, liscia e inchiodata; avrebbero potuto esserci dentro attrezzi da lavoro. Non te la sentisti di mettere la cassa nel bagagliaio, assieme ai sacchi dei valligiani, i cesti dei conigli, le patate, le carote: la sistemasti sul sedile accanto al tuo ed eri stata sulle spine temendo che qualcuno chiedesse di sedersi. Nelle curve brusche avevi stretto forte la cassa nella speranza di non far sentire le ossa che sussultavano dentro lo scatolone. Risero gli amici alla storia del viaggio, e si scandalizzò Beppina che alle cose dei morti teneva più che a quelle dei vivi. I nipoti, che dei trapassati prendevano in considerazione soltanto l'eredità, si seccarono considerando di cattivo gusto l'impresa. La cassetta fu sistemata con una piccola benedizione nella tomba di famiglia; scegliesti il loculo libero accanto a quello di tuo padre perché i fratelli diversi fossero riuniti. C'è posto ancora per te, nel buio umido. Non essendoti sposata hai diritto di rimanere in famiglia anche dopo, ma non ne sei molto felice.

I TRE anni di guerra, da sfollati, furono buoni, almeno per voi: vi diedero una casa con stanze per tutti e viaggiavate a trovare cugini, amici, come durante una villeggiatura, solo che la conversazione era sempre la stessa dappertutto. Si parlava di una guerra, di prima, di dopo, dei caduti, del destino del paese: ma nelle case calde piene di mobili lustri, di quadri, di specchi, di begli oggetti, vuote solo di uomini giovani, sembravano discorsi che non riguardassero voi, ma altra gente, altri luoghi. I compaesani stavano male invece, in baracche, e ne morivano molti, anche di nostalgia. Là non c'erano montagne, né valli, né viti, ma pianura umida, sconsolata. Erano diecimila sfollati, due, tre paesi di baracche, con scuola, chiesa e anche ospedale.

Per voi ragazze quella guerra portò libertà. Le regole di casa lì non funzionavano più: il papà era al fronte, la mamma occupata a visitare i malati, i bambini, i compaesani che si rivolgevano a lei per mille cose. Di obbligatorio erano rimaste solo le lezioni della mattina, le preghiere della sera e l'orario dei pasti. E neppure sempre, perché anche da voi scarseggiava il cibo, di modo che il pranzo poteva durare solo cinque minuti, una minestra di rape e basta. Spesso vi toccava partire in cerca di qualcosa da mangiare, un sacco di patate, latte, mele, prugne: andavate per fattorie ed era un'avventura. Sì, c'erano anche le ore del lavoro a maglia, dei calzini di lana da fare per i soldati, ma per il resto furono tempi buoni.

Ne approfittò soprattutto Virginia, perché era nell'età giusta – quindici anni – e aveva più fantasia e più coraggio di te. Se ne andava in giro con i capelli sciolti, non intrecciati intorno alla testa come voleva la regola, ma giù fino alla vita per scherzo perché non c'era vostro padre severo e perché ai ragazzi piaceva di più. C'erano molti ragazzi lì, non solo quelli dei nostri paesi non ancora in età di andare soldati, ma anche quelli già soldati, della guarnigione messa lì a far da guardia agli sfollati. A Virginia piacevano. Tu eri piccola. Ma diventasti grande d'un colpo, diversa per sempre, con caldo e freddo in corpo come non l'avevi mai provato prima, il giorno che trovasti Virginia in riva allo stagno con un soldato. Eri andata a cercarla per il pranzo e speravi di trovarla verso l'acqua. Infatti era là, ancora con il costume da bagno, seduta tra l'erba. Di fronte a lei c'era qualcuno, seduto anch'egli nell'erba, e si guardavano, o parlavano, ma quieti. Stavi pensando che a mamma non sarebbe piaciuto sapere che Virginia se ne stava in costume da bagno con un uomo, così vicino, quando tua sorella si alzò e, come se fosse stata sola, si tolse il costume, senza affrettarsi, con calma e metodo; rimasta nuda, si piegò a prendere i vestiti nell'erba e adagio, come se fosse stata nella sua stanza, si rivestì. Il soldato era rimasto a guardare. No, non fu una scena d'amore, niente baci o carezze, ma semplicemente quello spogliarsi e rivestirsi, con la naturalezza di due che fossero sposati, di due che si conoscessero nell'intimità, senza segreti l'uno per l'altra.

Quando ti riuscì te ne andasti di corsa, ma la pace era finita. Cento volte ti tornò in mente la scena, pensavi a volte di esserti inventata tutto, di aver visto un'altra persona, non tua sorella, oppure che il soldato fosse soltanto una tua fantasia. Altre volte aggiungevi qualche particolare, che lui l'avesse aiutata a togliersi il costume da bagno, e che, facendo ciò, l'avesse toccata, sulle spalle, sui seni, sui fianchi, tra le gambe, come se fosse stata cosa sua, e lei lo avesse lasciato fare con una naturalezza che era parsa insopportabile. Ti perseguitò, quella scena, rendendoti taciturna e assente di giorno, tenendoti sveglia nel letto di notte. Mentre nella stessa stanza sentivi Virginia che respirava serena. Serena se ne tornò anche quel giorno dal lago, pochi minuti dopo di te. E mentre avevi immaginato di vederla alterata, più di te, o quanto te, e ti eri chiesta come avrebbe fatto per affrontare mamma, te, la governante sedute attorno al tavolo, se ne venne sorridente e tranquilla, chiacchierina e disinvolta. A te invece non fu possibile mandar giù niente durante quel pasto, non la minestra densa di patate, non i cavoli stufati, e più di una volta mamma ti richiamò.

Da quel giorno le andasti dietro più di prima, a Virginia, sperando di sapere, sperando di sorprenderli ancora. Avevi aspettato la domenica per vedere cosa avrebbe fatto in chiesa. Se si sarebbe confessata o no, come avrebbe retto lo sguardo di mamma, fisso su di lei ferma nel banco, quando tutti gli altri si fossero mossi per andare alla Comunione. E invece andò anche lei, bella e devota, con il velo di pizzo sulla testa, senza essersi confessata. Guardavi tua sorella per scoprire questa sua vita segreta che non avevi immaginato, la spiavi per vedere se era cambiata, se fosse inquieta o in ansia, e invece appariva quella di sempre.

Ci furono altri appuntamenti: più di una volta ti parve di vederla verso sera indugiare con qualcuno, ma che fosse lo stesso del lago non avresti saputo dire. Una volta forse la sorprendesti a baciare un soldato, ma forse si salutavano soltanto, forse si parlavano molto vicini. Un'altra tornò a casa portando dei sacchi di patate sopra il carrettino dell'orto, e c'erano con lei due militari che l'aiutavano a tirare: ti sembrò che uno dei due le tenesse una mano dietro la schiena, e che lei fosse più allegra del solito, accaldata e rossa in viso. « Non sta bene correre così », disse mamma quando la vide scompigliata.

Anni dopo hai letto i suoi diari che ti erano rimasti in casa mentre lei era partita per la prima o la seconda volta.

Hai trovato giorni, settimane, mesi di scarne annotazioni. Le hai scorse in cerca di tua sorella, ma hai trovato solo una sconosciuta che in disordine mescolava ricette e spese, appuntamenti e baci. Scriveva ai tempi dello sfollamento: « Raccolto mirtilli con mamma e Clara per otto vasetti di confettura », « Aggiustare l'orlo del vestito verde »; poi, dopo una ricetta per una torta senza uova, « Baciato Alfred », « Visto Josef », « Oggi è venuto papà », « Ancora Josef ». Invano hai cercato di ritrovare tra gli appunti quel giorno d'estate in riva allo stagno. Chi era quel soldato? Alfred o Josef, oppure Benedikt ricordato qualche pagina più in là? Forse per Virginia non era stato un avvenimento degno di nota ma solo una delle tante volte? Non vuoi sapere, metti via i quaderni perché ancora ti prende l'inquietudine: non fosse stata tua sorella, ti sarebbe piaciuta, come l'avresti invidiata. Non vuoi andare avanti a leggere anche perché sai che cosa ti aspetta qualche anno più avanti, parecchie pagine più in là; chiudi il quaderno prima di arrivarci, con un ampio margine anzi.

Dal fronte, forse dalla Polonia, tuo padre mandava lettere con i resoconti dei suoi giorni, che mamma leggeva ad alta voce la sera dopo cena. Non parlavano quasi mai di combattimenti, di nemici, di sangue. « Oggi nel pomeriggio in visita dai F.; tutti molto simpatici, mi hanno chiesto notizie di voi e vi salutano. » « Per il tè dal colonnello von B. C'era anche sua nipote, biondina e senza colore. » « Lunga cavalcata in compagnia di Ferdinando; ci siamo fermati in un'osteria di Z. per mangiare qualcosa. Ottimi palatschinken. » E poche lettere dopo: « Oggi è caduto il nostro caro Ferdinando, colpito da una pallottola vagante. Ho già scritto alla povera Mary ». È lo stesso stile di tua sorella: tanti baci da Alfred, e mirtilli per la confettura. Palatschinken e morti.

Solo dopo, una volta a casa, avete capito che cosa aveva

comportato la guerra: niente era più come prima, e il fatto che eravate diventati italiani era in fondo un dettaglio poco importante. Di diverso c'era che tanti non erano tornati, che le case erano distrutte, la campagna morta, i boschi e le vigne devastati dai colpi di mortaio, i negozi vuoti, niente da mangiare neppure per voi. E in casa spariti molti mobili, chissà se trasformati in legna da ardere o finiti nell'appartamento di qualche generale. Rovinati quelli rimasti, strappate le tende, forzate le porte, vuoti gli armadi, rotti i vetri delle finestre, che guardavano la strada come tristi occhi bui. Né si sapeva più a chi rivolgersi, a chi chiedere protezione, dove stesse l'autorità.

Eravate smarriti. Sul treno che vi portò a casa, intorno a Natale o forse subito dopo, già nel nuovo anno, ricordi di aver guardato dal finestrino per riconoscere i tuoi posti. Era quasi buio e c'era neve nella campagna: nella desolazione del paesaggio ti apparve infine il profilo familiare della casa, la più alta del paese, diversa dalle altre, una visione di ombre nella sera d'inverno, che non ti consolò.

NEGLI anni tante volte ancora ti si sarebbe stretto il cuore in vista di casa tua: arrivando, partendo, o passandoci davanti col treno. Come un simbolo di voi, sempre più soli, più diversi, attaccati a un mondo finito, e ogni volta qualcuno mancava, morto o andato via. Rimasero infine soltanto i genitori: partendo sempre guardavi indietro e pensavi a loro due nella casa troppo grande, nelle stanze fatte su misura di una grande famiglia con servitori e molti bambini. Loro due vecchi che ti aspettavano come se fossi stata una principessa, non una zitella già in là con gli anni che in realtà tornava per pietà, per abitudine e perché non sapeva dove altro andare. E ricordi come disperatamente tua madre voleva che tutto fosse come prima, chissà quale prima, prima della seconda guerra, prima della grande guerra, sempre più indietro, con voi piccole, i servitori al loro posto, i contadini senza idee strane, ogni cosa nell'antico ordine. Le marmellate fatte d'estate chiuse nei barattoli con carte di cellofan per coprirle e un bigliettino incollato al fianco: ciliegie, prugne, lamponi, ribes interi o in gelatina, albicocche passate o con pezzi di frutta; le uova nei grandi vasi di coccio affondate nella calce bianca perché durassero nei mesi freddi quando le galline si riposavano; le pere, le pesche, le ciliegie sciroppate da mangiare al posto della frutta quando non ce n'era di fresca; le cipolle, le carote, le patate, le noci stese in ordine sulle assi della dispensa perché si conservassero nella stagione brutta; e l'uva appesa in alto ai fili di ferro stesi sotto il soffitto, che doveva durare da ottobre fino a Pasqua, sempre più piccola, più striminzita, quasi uvetta, e tuttavia si era fieri di mangiarne ancora in aprile.

Una volta era il personale che faceva tutte queste cose,

poi non bastò più e cominciò tua madre. Quando fu stanca, toccarono a te le incombenze e te ne occupasti per molti anni, continuando anche quando divennero inutili. Giunse il giorno in cui nessuno in casa voleva più mangiare uvetta appesa al soffitto, tranne papà e mamma che religiosamente la sgranocchiavano perché si era sempre fatto così. Fu inutile anche mettere le uova sotto calce perché c'era il frigorifero e c'erano galline che le facevano anche d'inverno, eppure si continuò nella cerimonia. Ogni cosa che cambiava era per tua madre un pezzetto di vita che si rompeva, una torta che si sbriciolava, una porcellana andata in frantumi.

Ancora adesso girando per casa ritrovi gli sforzi che mamma faceva per mantenere tutto come un tempo: i materassini nuovi che ordinò affinché Virginia continuasse a venire d'estate con i bambini – per trattenere te non c'era bisogno di nulla perché era sottinteso che rimanessi sempre –, le piccole biciclette che comprò per loro, la stoffa per ricoprire i mobili nella stanza del tuo primo cognato, e poi del secondo quasi cognato. Doveva servire tutto perché nulla cambiasse, perché Virginia non decidesse all'improvviso di passare l'estate al lago o al mare, cosa che peraltro poi fece e furono inutili materassini e biciclettine. Ancora adesso, dopo tanto, hai compassione di mamma, che non parlava mai di sentimenti, pareva sempre contenta di tutto; poi però hai trovato le tracce delle sue speranze, dei dispiaceri.

Virginia si sposò presto, un gran matrimonio qualche anno dopo la guerra. Bello e scuro era tuo cognato, dolce per obbedire ai capricci di tua sorella, con denaro e nome. Non hai mai saputo se fu tuo padre a combinare la cosa o se invece fu per amore o per la voglia di Virginia di andare via da casa, via dalla campagna, dalla provincia modesta per trasferirsi a Venezia. Nel diario trovasti scritto soltanto: « Domani sposo Giorgio. Il vestito non è bianco del tutto ma un poco crema ». Il giorno prima aveva fatto una lista dei regali ricevuti, il giorno dopo e tanti giorni di seguito pagine bianche. La prima annotazione dopo il silenzio fu un elenco dei soldi che doveva dare e ricevere: « Trenta centesimi da Clara ». Chissà per cosa te li aveva prestati. Furono tutti contenti del matrimonio, Beppina e papà più degli altri, forse perché conoscevano meglio Virginia. Tu ti chiedevi se tuo cognato aveva saputo di Josef, di Alfred, di Benedikt e degli altri, se lei gli aveva raccontato del mezzogiorno dietro lo stagno.

Ti piacque, comunque, l'indaffaramento che ci fu per i preparativi delle nozze, i vestiti, la casa rimessa a nuovo, il movimento in cucina, il giardino ripulito. Giunse la festa e quel signore era tra gli ospiti. Ti venne a salutare e rimase con te; ti portò il dolce come se fossi stata adulta. Era un parfait di ribes rossi e neri, ma non sai se te lo ricordi davvero o se è perché lo hai letto sui cartoncini del menù ritrovati in qualche cassetto. È rimasto il tuo dolce preferito, solo che non ti capita più di mangiarlo perché nessuno lo sa più fare.

Ti guardava mentre lo mangiavi, aveva dieci anni più di te e nelle foto che non hai mai avuto la forza di strappare vedi com'era ben fatto, con la sua bella pelle nocciola benché fosse un tirolese. Ti divenne familiare quella sera, come uno di famiglia. Per questo ti sedesti sulle sue ginocchia e lui ti tenne così, leggera e innocente. Fu uno scandalo e molti, dopo, ne parlarono, anche se tu ti eri seduta così per scherzo. Hai in mente ancora il vestito che portavi: verde-giallo. Lo macchiasti di ribes e lavarlo non servì perché rimasero gli aloni bianchi; e chissà se l'hai più messo.

Venne ancora a casa, quell'uomo. Prima poche volte, poi tante, e dopo qualche tempo fu chiaro che veniva per te. All'inizio s'intratteneva più con papà e mamma riservando a te scherzi e chiacchiere da bambini. È vero che aveva sempre una piccolezza per te, fiori, un fazzoletto, delle pralines, ma era uso che gli ospiti portassero qualcosa ai ragazzi di casa. Sembrava un amico di famiglia, anche se prima della festa non era mai venuto. Poi cominciò a condurti a passeggio, con la governante, ti chiedeva di scendere in giardino, ti prestava altre attenzioni, come a una donna, ma pareva sempre che giocasse. Dopo ti sei pentita di non averli gustati di più, quei mesi, quegli anni anzi, di non aver pensato a com'eri felice, di non aver assaporato niente. Superficiale eri, e presuntuosa, immaginandoti che la vita sarebbe stata così, o anche meglio.

Un giorno ti venne incontro sulle scale mentre stavi risalendo di corsa con le forbici dei fiori che mamma ti aveva mandato a cercare. Era lì per baciarti, e ti sbarrò la strada, ma non ce n'era bisogno perché non ti venne in mente di scappare. Ti tenne ferma lì nel giroscale finché fu possibile, fino a quando da sopra venne la voce un po' ansiosa di mamma: «Clara, Clara, le mie forbici! Le hai trovate? Clara, Clara, dove sei?» E quando arrivasti di sopra eri calda, con la febbre. Papà sembrava contento in quei tempi, meno aspro del solito, più domestico, e tuttavia raccomandava che non fossi mai sola. Così c'era sempre con te mamma, o la governante, o Beppina, più giovane di te e che tuttavia sembrava tua sorella maggiore, maturata presto come succede a quelli del popolo.

Qualche volta scappavi via, grazie a un bigliettino che ti arrivava tramite Beppina, sorvegliante ma complice: mezz'ora, un'ora di libertà lungo l'Adige, nel verde fitto o anche in casa, al primo piano, dove si abitava soltanto d'estate. Alla poca luce che filtrava dalle persiane stavate a parlare, anzi più a guardarvi che a parlare perché eri timida e lui orso, come è sempre stato. Baci anche, ma sempre con la paura di essere sorpresi, e non tanti come avresti voluto.

Una volta, senza che chiedesse, gli lasciasti guardare le gambe: le sentisti lisce sotto le sue carezze, e bianche, ma troppo magre e in fretta tirasti giù il vestito. In quell'occasione gli raccontasti di Virginia dietro lo stagno, non tutta la storia, né le cose che avevi pensato, soltanto una frase buttata lì. Sorrise un po' a disagio, chiese particolari che tu non gli dicesti. Quando non veniva ti scriveva, letterine un po' troppo asciutte, senza frasi da rileggere o da tenere in mente: « Oggi non posso venire perché devo andare a B. con mio padre », « Sono un po' raffreddato ma senza febbre; abbi cura di te in questi giorni di vento », « Ringrazia la tua cara mamma da parte mia per l'ospitalità ». Frasi così, senza amore o nostalgia come avresti voluto, a volte anche soltanto cartoline che tutti potevano leggere, eppure conservavi quella posta, studiavi la sua bella scrittura difficile. « Le persone che hanno letto tanto scrivono tutte così », commentava Beppina.

Tornano i ricordi, ma fai fatica a metterli in ordine, a volte non sai più quello che è successo prima e quello che è venuto dopo. Ci sono sempre i diari di tua sorella che potrebbero aiutarti ma non vuoi prenderli in mano, dopo tanti anni ancora non hai imparato a essere indifferente.

Già si parlava di matrimonio: non lui, né te, ma Beppina e il personale; ogni tanto anche mamma. Vi accennava come a una cosa normale che sarebbe venuta, come la domenica dopo il sabato, quietamente contenta e forse un poco rassegnata a perderti, ma per il bene tuo. Perfino papà di tanto in tanto lasciava cadere un'osservazione, segno che era tutto calcolato, tutto in ordine, conseguenza inevitabile di quegli anni di visite. Anche Virginia scriveva da Venezia: « Quando le nozze? Non vedo l'ora di conoscerlo meglio ma ovunque sento parlar bene di lui ».

Dunque quando uno viene in visita tante volte, porta cioccolatini, accompagna a passeggio, fa conversazione con papà e mamma, e di nascosto dà qualche bacio, poi è normale che ci si sposi? Ti pareva una cosa che toccasse ad altre. È vero che nella vita che ti avevano raccontato il matrimonio era fuori di dubbio, e tuttavia non ti convincevi che qualcuno volesse proprio te. E poi, andare a stare da sola con lui, in una casa sconosciuta, senza Beppina, senza la mamma, che spavento! Cosa avresti fatto tutto il giorno in stanze non tue, in un giardino straniero, con vista su montagne che non avevi mai conosciuto? E che fare dei bambini che sarebbero venuti? Ah no, meglio stare così, nascondersi sul lungo Adige, farsi carezzare ancora le gambe, di più, o abbracciarsi nel buio della stanza del pianoforte, senza parlare e senza rumori, a sentire soltanto i due respiri.

Venne Virginia a stare con voi con il suo bambino: prima qualche giorno, poi qualche settimana, poi alcuni mesi. Diceva che il piccolo aveva bisogno di aria di campagna, non di quella salmastra di Venezia. Altre volte si dimenticava e diceva altro: che dopotutto in Italia non si sentiva troppo bene. Aveva nostalgia del Tirolo e i discorsi fascisti che si sentivano laggiù non le piacevano.

Lì da voi non se ne parlava tanto, almeno in casa vostra dove, salvo alcuni domestici, tra cui Beppina, si continuava come prima a usare il tedesco. In paese, e anche in città, i vecchi usi non erano tanto cambiati; sì, c'era qualche esaltato che parlava di patria fascista, c'erano i carabinieri adesso con le loro belle divise, che prima non esistevano, le insegne erano nuove, c'erano funzionari non più dei paesi vostri, ma italiani, napoletani; anche i soldi erano nuovi. Per il resto sembrava la vita di prima, la stessa gente, gli stessi discorsi. Il lavoro dei contadini era rimasto uguale, anche se la terra era diventata italiana; forse c'era più miseria, più mendicanti, i campi più rovinati, ma era la guerra e dicevano che anche in Austria era così, o peggio. I signori, gli amici di papà e mamma, si lamentavano: « Non è più come una volta, tutto è cambiato, chissà dove andremo a finire », ma continuavano a farsi visita, a parlare in tedesco, a vivere alla vecchia maniera. I contadini sapevano il tedesco meglio di quando erano austriaci. Il lungo soggiorno nei campi degli sfollati l'aveva insegnato anche a chi prima non ne conosceva una parola.

VENNE dunque Virginia a stare con voi e dopo si seppe che non era tanto per scappare dall'aria salmastra di Venezia né perché si sentisse estranea in Italia – del fascismo e di politica, in verità, non si era mai interessata – e neppure per nostalgia della famiglia come altre volte sosteneva. Era con il marito che non si trovava tanto, si annoiava perché era casalingo, non brillante come voleva lei e forse un po' economo. Certo, lì a casa, di distrazioni ne aveva ancora meno e se non fosse stato per le visite che ricevevi tu, avrebbe potuto passare settimane senza vedere un uomo, a parte papà, il cameriere, il giardiniere e l'incaricato delle stufe. Delle donne non le importava tanto.

Aveva simpatia per il tuo ospite. Eri contenta, era un buon segno se piaceva a lei, sempre così difficile e critica. Segno che avevi buon gusto, che avevi scelto bene. Scelto? Niente avevi scelto, lui aveva cominciato a venire e niente ancora era stato detto, anche se la famiglia era sicura che ci sarebbe stato il matrimonio. Vi portò a passeggiare tutte e due senza più governante perché Virginia era una donna sposata e non c'era più bisogno di chaperon. Si stava bene, ma un poco ti dispiaceva perché quando partivate con la governante lui parlava solo con te senza sentirsi in dovere di intrattenere anche la signorina Paula. Così invece si divideva tra voi due.

Infine, come disse tuo padre, si decise a fare il suo dovere: ti chiese di sposarlo. Lo fece con una urgenza che quasi ti spaventò, ricordi ancora il posto, nella biblioteca scura – perché la luce rovina i libri –, con leggero odore di naftalina sparsa tra i tappeti arrotolati per la stagione calda. Sai anche il giorno, l'8 giugno, l'hai tenuto a mente perché ti regalò una medaglietta con la data incisa.

Ci furono settimane di preparativi, liste di corredo, di vestiti, di invitati. Visite di qua e di là, con lui non tanto felice di farle, da cugini, zii e zie, parenti anche lontani. Ti dispiaceva di non aver più tanto tempo per lui, non eri più padrona dei tuoi giorni. Veniva lo stesso, con fiori ogni volta, veri mazzi da fidanzato, e portò anche l'anello. Ti pareva di non essere più tu, di stare a guardare un'altra fortunata. Ci sono le foto che ti riportano quei giorni: tu sembri bella, con i capelli a onde attorno al viso, raccolti in alto, morbidi, vestita di bianco con una fascia colorata in vita: rosa o verde, o azzurra? Il bianco e nero della foto non lo dicono più. Ridi, troppo ridevi, non si deve ridere così, tu specialmente che in genere, su tutte le altre foto, sei malinconica.

Appoggi la mano al suo braccio, come foste una coppia, sembreresti farlo per gioco, per imitare i grandi. Nell'altra tieni un cappello di paglia con fiori sopra, contro il sole che potrebbe rovinarti la pelle per il giorno del matrimonio. Lui sta un po' impettito, in posa, ma rivolto a te, e rivedi la sua bella bocca con le labbra morbide dirti qualcosa e non hai mai saputo cosa. Non lo ascoltasti mentre vi facevano le foto, troppo preoccupata di venire bene, troppo agitata di felicità, impaziente perché ti facevano perdere tempo con la posa. Dopo non sei riuscita a leggergli le labbra e invano hai provato e riprovato, sforzando la memoria e tentando di riascoltarlo nel ricordo. Per anni quelle parole perdute ti hanno angustiato come se fossero la chiave del segreto di ciò che è accaduto dopo. Non ti sei mai voluta rassegnare che ti avesse detto soltanto: « Ciao, Clara », o « Hai un filo d'erba nei capelli », o « Che caldo che fa ».

Siete una bella coppia anche se tu sei ancora ossuta e lui un po' troppo in carne rispetto a te. « Un tòco de om », commentava Beppina maliziosa ed era fortunata la ragazza che trovava un « tòco de om », grande e grosso e in forze. Erano quelli che sopravvivevano alle guerre e badavano meglio alla moglie, diceva Beppina. Ti piaceva così, che non fosse smilzo come tuo cognato e vestito attillato come lui. Anche mamma ti aveva detto che era di suo gusto; quanto a papà, non si curava dell'aspetto, ma del nome, del patrimonio, delle tradizioni, dello stato delle sue campagne. Era tutto in ordine.

Il giorno delle nozze lui non comparve. Fosti l'ultima ad accorgertene perché fino alla chiesa gli sposi non dovevano vedersi. Eri pronta da un pezzo, la sarta aveva finito di affannarsi attorno, dava ancora tocchi qua e là, ma superflui, per riempire il tempo diventato lungo. Lo stesso la cameriera, che non smetteva di sistemare il velo sui capelli. C'era caldo nella stanza, ma non potevi bere per via della Comunione. Quando l'ora fu quasi passata – ma tu non ti preoccupavi di nulla – vennero tuo padre e il futuro suocero scuri in volto, ma pensasti a qualche disguido nell'organizzazione, a un corista assente, a dei fiori sbagliati in chiesa. Ti dissero che era malato, che il matrimonio quel giorno non si poteva fare.

Eppure due giorni prima l'avevi veduto, pensieroso sì, e più orso di sempre, con poche parole anche per te, ma in salute. Ti fecero preoccupare i modi riguardosi con cui te lo dissero. « Che malattia ha, è stato un incidente? Non mi dite la verità? » Assicurarono che non c'era da stare in ansia, solo un attacco di febbre.

Se ne andarono gli invitati e solo i più intimi furono trattenuti per mangiare assieme a voi i cibi preparati. Si fermarono il parroco e i coristi, le suore del convento, i cugini e i vicini. Fu uno scandalo, in paese non si parlò d'altro, ma il pranzo riuscì lo stesso, poche persone con tanto da mangiare; molti si divertirono. Degli amici e dei parenti dello sposo non si fermò nessuno, quasi si fossero sentiti in colpa per la sua malattia, e perciò le mancate nozze poterono essere discusse in lungo e in largo. Tu rimanesti in camera quasi tutto il giorno, non a piangere – non si piange per un po' di febbre –, ma a pensare.

Ti arrivò un suo biglietto verso sera che hai tenuto per dieci o vent'anni nel libro della Messa. Ogni domenica potevi così rileggerlo sinché non fu decomposto, distrutto dal tempo e dall'ansioso stropicciare delle tue dita. Lo sai a memoria, come una preghiera o una poesia da bambini: « Clara, non sono malato, ma non ce l'ho fatta a venire. Pensavo a te che mi aspettavi e mi è mancato il coraggio di venire a sposarti. Puoi immaginare quali cose mi abbia detto mio padre. Ti prego di perdonarmi: se ancora vorrai verrò presto a vederti ». Come un cavallo che all'ultimo momento scarta davanti all'ostacolo; oppure un mulo che, pur trascinato e frustato, pianta le zampe all'ingresso di un viottolo che non gli piace. Non te la prendesti, dopotutto.

Da allora ci furono riguardi nei tuoi confronti. Mamma che non ti chiedeva più: « Fammi questo, fammi quello, porta di qua, porta di là », e a tavola papà spiava se mangiavi, se avevi colore, se avevi pianto: « Sei stanca? Vuoi venire in città con me domani? Che ne diresti di qualche giorno a Venezia? » Beppina era più assidua che mai e la signorina Paula ti ricamò un fazzoletto. Tuttavia quelle attenzioni non durarono a lungo perché Virginia rivelò di aspettare un altro bambino e così un poco ci si dimenticò della tua sventura. Un coro di approvazioni accolse l'annuncio: segno che il matrimonio si era ristabilito, che almeno da quella parte non sarebbero venute preoccupazioni. Te ne rallegrasti anche tu.

Dopo qualche settimana, lui riprese a venire, ma era diverso, più cupo, come se fosse stato malato sul serio. Non voleva stare in casa, a tavola a mangiare con voi come prima, né a chiacchierare come usava un tempo. Nessuno doveva chiedere niente e tu lo proteggevi prevenendo le domande. Andavate a passeggiare sempre fuori: chissà perché ora vi lasciavano camminare da soli, senza governante, e anche Virginia pareva non avesse più voglia di accompagnarvi, si stancava subito. Avevano capito tutti che non era stata una malattia a impedire il matrimonio e giravano pettegolezzi. Non avrebbero dovuto giungere a te, ma arrivarono lo stesso. Beppina te li riferiva, con cautela, e solo se glielo chiedevi. « Dicono che abbia una ragazza su in valle », oppure: « Il medico gli ha scoperto una malattia per cui non può avere figli » o anche: « Ama da anni una donna sposata che non lo lascia libero ». Di notte ci pensavi e ti proponevi di domandare a lui, ma poi non ne avevi il coraggio.

Si era fatto più malinconico, ma per questo ti piaceva. Mamma intanto rimandava indietro i regali di nozze, a uno a uno, con un bigliettino di scuse. E quando l'ultimo piatto d'argento fu rispedito, egli ti chiese di provare di nuovo. Due mesi erano passati dal giorno in cui aveva fatto ridere tutto il paese e ti pregò di andare subito in chiesa con lui, senza dire niente a nessuno, con Beppina per testimoniare e qualcun altro, forse il giardiniere. Ti pregò molto ma avevi la testa dura. « E papà? E mamma? Che diranno? Si agiteranno. E il parroco non vorrà farlo così di nascosto. » « Andiamo da un altro, in città. » « Non me lo perdonerebbero. » Invece sei tu che non te lo sei perdonato.

Andò da tuo padre a chiederti in moglie di nuovo e papà fu contento, ma non lo diede a vedere. Fece gli occhi preoccupati e le rughe sulla fronte. « Aspettate ancora qualche mese, figli miei », disse con voce afflitta. Mamma invece sorrise subito. Proibisti loro di parlare delle nozze, perché gli passasse lo spavento, se spavento era stato. Di quel giorno aveva detto soltanto: « Mi ero già vestito, ma allo specchio mi parevo ridicolo e il collo della camicia non era bene a posto. L'ho toccato e ritoccato per aggiustarlo, ma non voleva stare. Mi davano fastidio l'agitazione di mio padre, le premure delle zie che mi stavano intorno. Mi sono spogliato e non sono più venuto ».

Ci credevi, ma c'era dell'altro nella sua nuova malinconia, nei silenzi, nei baci strappati dal cuore senza più parole. Di amore hai sempre parlato poco, quasi niente, perché ti avevano insegnato così: sono cose per le ragazze del popolo, per i soldati. I signori si sposano per amicizia, per inclinazione, per affinità di gusti, diceva tuo padre ogni volta che ne capitava l'occasione. O anche per unificare una proprietà, allargare un bosco, un vigneto, oppure perché i genitori sono amici, sapevi tu. Ancora oggi la parola ti esce a fatica, ti sembra ridicola: ma lui ti amava.

Fu deciso di fare una cerimonia senza invitati, né coro di cantori, né ricevimento; solo i parenti più stretti, nella cappella piccola, perché non ci fosse posto per gli amici e i curiosi. La mamma non fu contenta: « Come se fosse un matrimonio riparatore », aveva commentato. « Verrai stavolta? » chiedesti tu, e lui: « Non mi credi più? »

Non venne. Non fu una sorpresa al momento di entrare in chiesa, ma arrivò un telegramma tre giorni prima, « Non posso », indirizzato a te, e ti toccò mostrarlo a tuo padre che pensava a uno scherzo quando gli dicesti: « Non viene neanche stavolta ». Invece avresti voluto nasconderti, non parlare. Mamma venne a piangere con te, Virginia stava zitta, Beppina faceva il tè di tiglio. « Che vergogna, che disonore », disse papà.

Sì, anche vergogna sentivi, per come immaginavi che ti guardassero in casa e fuori, in paese, con pietà, curiosi di vedere cosa non funzionasse in questa ragazza. Venne suo padre a parlare con il tuo, che però non lo volle ricevere; vennero lettere che furono rispedite indietro, poi si fece avanti un suo cugino anziano, vecchio amico della tua famiglia, ma fu tenuto in giardino a bere vino e ammirare le dalie e non gli fu permessa una parola sul « fatto ». Rancore non ne sentivi, per te era rimasto quello di prima. Ti accanivi invece contro quell'idea che vi era venuta di sposarvi e che aveva interrotto la buona stagione. Continuasti a tenerlo nel cuore anche quando tuo padre si mise a cercare un altro marito per te.

Si rimpiansero i tempi andati. « Una volta questo non sarebbe successo », commentarono le zie. « È la guerra che ha cambiato il modo di vivere, hanno tutti perso la testa. » Tua madre invecchiò, Virginia ebbe il bambino, tuo padre si preoccupava per il buon nome della famiglia. Da Beppina sapesti che dopo qualche tempo cominciarono ad arrivare lettere per te, ma non ti furono consegnate. Poi ti portarono in viaggio, tre mesi a visitar parenti per farti cambiare aria come a una malata, in cerca di un nuovo fidanzato. Non eri abbastanza ribelle per scappare; eri remissiva e il coraggio di far di testa tua ti venne solo quando fu troppo tardi.

DOPO sembrò che tutto cominciasse ad andare a rovescio. Si seppe che il matrimonio di Virginia non andava bene, nonostante i due bambini. Non si conosceva la ragione della crisi, non si era sentito dire di un altro uomo o un'altra donna, e il cognato veniva ancora a casa, sebbene più di rado. Li sentivi, lui e Virginia, la sera in camera, quella che era stata la stanza da bambina di tua sorella, mentre parlavano in fretta, cercando di tenere bassa la voce che tuttavia scoppiava ogni tanto. In verità sentivi soprattutto lei che lo incalzava per questo e per quello, e lui che sospirava profondo. Non riuscivi a dormire ascoltando quel parlare fitto di cui ti arrivavano brandelli di frasi: non pensavi che Virginia potesse esprimersi in modo così violento. Tuo cognato ti faceva pena ma a te hanno sempre fatto pena tutti. Solo da vecchia sei diventata più dura e hai cominciato a contare i pro e i contro, i debiti e i crediti, a vedere dappertutto le cattive intenzioni. Chissà com'era davvero tuo cognato: dopo di allora quasi non l'hai più visto. Era l'uomo educato e mite che pareva a te, oppure avaro e traditore come in seguito lo descrisse tua sorella?

In quei giorni, quando una volta Virginia ti sembrò accanirsi troppo contro di lui, ti scappò detto: « Dai, Virginia ». « Non t'immischiare », s'infuriò lei. « Sei una bambina e non capisci niente della vita. » Tuo padre era convinto che lei avesse un amante e venne da te per sapere chi fosse, ma a stento sapevi cosa volesse dire amante. Ci furono cattivi umori in casa, conversazioni a due, chiusi in una stanza, tra papà e mamma, papà e Virginia, mamma e Virginia, papà e tuo cognato. Dopo quel primo interrogatorio senza esito non ti fu più chiesto nulla. Il personale chiacchierava: « Un matrimonio andato a monte e uno rovinato nel giro di pochi mesi », sentisti commentare in cucina. Ci furono anche scene, non con grida, perché non stava bene, ma a voce bassa e cattiva. Fu fatto il possibile per riparare la crepa, ma si separarono lo stesso. « Una cosa così non era mai successa nella nostra famiglia », s'indignò papà.

Virginia tornò a stare da voi, con i bambini, molte casse di vestiti, gioielli che si era rifiutata di ridare al marito. Accanto a lei ti pareva di essere una montanara selvatica, e tuttavia eri contenta che ci fosse, perché sembrava un po' come essere tornate ragazze, prima delle ansie. Di diverso c'era che Virginia non si lasciava dire niente da nessuno, abituata nei quattro anni di matrimonio a fare di testa sua, visto che non aveva trovato resistenza. Ti meravigliasti che tuo cognato, così remissivo e devoto, avesse davvero voluto separarsi.

Presto si seppe che Virginia aveva « delle relazioni ». Andava, veniva, partiva qualche giorno senza dire per dove, tornava raccontando distratta particolari secondari, inventati, sul suo soggiorno. Venivano giovanotti con capelli lucidi, baffetti e vestiti che ti parevano ridicoli: giusti giusti su misura, stoffe un po' chiassose e scarpe lustrissime di gente che sta in città. A volte portavano cuffie e occhiali perché arrivavano in automobili scoperte che in paese facevano fermare i passanti e correre la gente alla finestra. Papà, che andava ancora in carrozza, si infuriava, voleva proibire quel viavai di automobili, ma Virginia continuò a fare di testa sua.

I suoi giovanotti erano quasi sempre italiani: venne perfino uno da Roma, con un fiore sulla giacca e galante anche con te. Qualcuno dei visitatori non era neppure più tanto giovanotto ma fingeva lo stesso di esserlo. Virginia tornava a casa con regali, gioielli ma a volte anche oggetti più intimi, come guanti, o uno scialle, oppure un cappellino. Arrivavano fiori e, se tua sorella non era in casa, mamma li portava in chiesa dopo averli spogliati delle carte fruscianti e dei fiocchi. Scuoteva la testa e diceva frasi antiquate che innervosivano Virginia: « Pensa ai tuoi figlioli », per esempio, oppure: « Questo non è lo stile di vita della nostra famiglia ». Per te intanto si cercava marito e qualcuno venne in visita come per caso a farsi vedere. A volte i tuoi possibili fidanzati s'incontravano con qualcuno degli spasimanti di Virginia e, poiché tu non te ne occupavi, finiva che facevano conversazione tra loro. Erano diversi, più rustici, i tuoi, più timidi e fuori moda.

Ce ne fu uno, giovane ma già senza capelli, che venne più assiduamente degli altri: visto il tuo disinteresse, mamma lo vezzeggiava e, sul serio o per disperazione, finì che fece la corte a lei. Ridevate, voi sorelle, come ai vecchi tempi. Anche un altro sbagliò mira e s'innamorò di Virginia, che lo lasciò fare e anzi iniziò una storia con lui. « Soltanto così », ti disse, « per svezzarlo un poco da quella timidezza, per togliergli quell'aria troppo per bene. Non ti dispiace, vero? »

Ti era indifferente ma venne fuori una questione perché lui perse la testa pretendendo di sposare Virginia. I suoi genitori si opposero. Tu, modesta, casta e niente di speciale, saresti andata bene, non lei, bella e affascinante, ma troppo esperta. Tuo padre se la prese con lei che aveva fatto la civetta, predicò a lungo con amarezza e minacciò di mandarla via da casa, ma se la prese anche con i genitori del povero innamorato, cui era stato proibito di venire ancora in visita. Si ritenne offeso da tanto spavento. Si ruppe un'amicizia e quel ragazzo si disperò; ma non troppo a lungo: finì sposato con una signorina di famiglia, paffuta e rossa di capelli, molto di chiesa. Lei vive ancora, irreprensibile come sessant'anni fa; lui è morto da un pezzo.

Saltò poi fuori uno spasimante spontaneo, non organizzato dai tuoi genitori. Era meglio degli altri ma non ti
piacque abbastanza. Rimanesti rigida nonostante i discorsi, le pressioni e la prospettiva, che ti fu ripetutamente il-
lustrata, di restare sola per sempre. Tuo padre non riuscì
a obbligarti ma provò con vari mezzi. Quel ragazzo si accorse delle manovre ed ebbe il buon cuore di desistere:
qualche volta l'hai rimpianto, sarebbe stato un buon marito. Non ricordi cosa ne fu, ma vagamente ti par di rammentare che anche lui ebbe nostalgia di te per un po' di
tempo. Forse se tuo padre non avesse voluto importelo a
tutti i costi, le cose sarebbero andate diversamente; avresti finito per sposarlo e la tua vita sarebbe stata secondo i
programmi.

Dell'altro, di quello che due volte aveva promesso e due
volte non era venuto, giunsero ancora lettere, ma a te non
furono mostrate né ti fu concesso di rispondergli. Allora
non era come adesso: sì, c'era il telefono, ma era nel corridoio davanti al salotto e tutti di casa avrebbero sentito.
Trattandosi poi di un paese non tanto vicino, si sarebbe
dovuto chiamare il centralino per avere il collegamento, e
il trillo del telefono sarebbe risuonato con violenza nella
casa silenziosa. Non capitava di sentirlo più di due, tre
volte la settimana, e ogni volta era un affare pubblico, subito tutta la famiglia sapeva chi aveva chiamato. Bisognava
gridare dentro la cornetta per farsi intendere e le parole
arrivavano fino in cucina. Oltretutto, telefonare a un uomo, parlargli dentro un filo, era ritenuto sconveniente come un incontro segreto, più intimo di una lettera, di cattivo gusto per una signorina. Tuttavia pensavi ancora a lui
come a una storia rimasta sospesa che prima o poi si sarebbe conclusa nel modo giusto. Ti sembrava che tutto
fosse soltanto rimandato, che qualche anno dopo le cose
avrebbero ripreso il loro cammino. Invece il tempo passò

e niente tornò a posto. Il cuore in pace, come raccomandava mamma? In apparenza sì, tanto che a un certo punto i parenti dissero: « È tornata quella di prima, è di nuovo allegra, se n'è fatta una ragione ». Invece ancora oggi ci pensi.

Venne un nuovo corteggiatore di Virginia, un signore di Verona un po' maturo (a quarant'anni, allora, si era già molto in là). Piacque a mamma e papà perché « almeno aveva un lavoro e avrebbe saputo tenere a bada Virginia e i suoi capricci ». Non che piacesse sul serio, perché era italiano, con qualche carica nel fascio e anche un po' vistoso, ma era pur sempre meglio degli altri che si erano fatti avanti in precedenza. Fu comunque chiaro che Virginia si era innamorata: lei, sempre così sicura di sé, svelta a giudicare l'uno e l'altro, a trovare il ridicolo nella gente, d'improvviso sembrava aver sospeso ogni critica e pendere dalle sue labbra, pronta a cogliere un suo minimo desiderio, un cambiamento d'umore, un malcontento. In passato l'avevi vista comandare i suoi uomini, ignorarli, lamentarsi, pretendere. Cominciò invece a parlare e leggere solo in italiano, limitando al minimo l'uso del tedesco. Smise di andare in chiesa perché lui non ci andava. Non era mai stata molto assidua: alla Messa veniva – non andarci sarebbe stato come non presentarsi a tavola –, ma non pregava e vedevi che si guardava in giro annoiata, la prima a saltar fuori dal banco all'*Ite Missa est*. Evitava anche il rosario di maggio, quando famiglia e servitù si mettevano in ginocchio attorno all'altarino di casa con la statua di gesso della Madonna e i mazzi di mughetti. Qualche volta l'andare in chiesa era stato per Virginia una specie di gioco per attirare l'attenzione dei corteggiatori. Quando ne capitava qualcuno di domenica si metteva in testa il bel velo di pizzo nero che stava bene sui suoi capelli biondi, e composta, compunta, la testa un po' piegata, stava in ginocchio nel banco, sembrando devotissima. Forse pregava sul serio, perché lui si innamorasse, perché la portasse via da quel posto noioso, o per qualche altro suo desiderio. Quella devozione doveva essere un pregio in più rispetto alle altre donne, un gioiello insolito e prezioso; doveva testimoniare che, dietro al bel viso, al corpo ben formato, c'era un'anima capace di elevarsi. Di solito funzionava, dimodoché, dopo, invece di profumi e cioccolatini, arrivavano in regalo per lei libri, poesie e fiori spirituali come calle o giunchiglie invece delle solite rose rosse.

Successero cose che un tempo non sarebbero state possibili: il signore di Verona venne invitato a dormire, per decisione di Virginia che comandava molto in casa. In passato solo i cugini, i parenti o gli amici dei genitori avevano potuto pernottare. Gli fu data – da Virginia – la stanza dove tuo cognato aveva dormito la sera prima del matrimonio. Si disse che era perché non fosse costretto a fare il lungo viaggio fino a Verona dopo cena: eppure aveva la macchina e lui stesso proclamava che non ci impiegava più di due ore. Non la usò tanto quella stanza: li sentisti invece bisbigliare in quella di Virginia, la stessa in cui discuteva con suo marito, solo che era diverso il suono delle voci.

IL signore di Verona, Tullio, cercò di adattarsi alla vostra famiglia: s'interessava ai discorsi di papà, ascoltava un poco mamma, sospirava con loro del cambiamento dei tempi. Si adeguò a mangiare le cose tirolesi e giungeva le mani quando, prima di sedersi a tavola, tuo padre recitava la preghiera. A Natale aiutò a preparare l'albero. Quei terribili Natali copiati dai veri Natali di quando il mondo era diverso. Con il pretesto dei bambini si faceva gran festa, con i pacchi incartati, le finte sorprese, gli abbracci e i baci obbligati, le canzoni cantate tanto per cantare. Guardavi i volti dei tuoi quando stavano intorno all'albero: tuo padre con i pensieri altrove, amareggiato dalla piega che aveva preso la vita, tua sorella ben attenta a muovere la bocca in modo grazioso, a tener la testa in buona luce affinché a Tullio sembrasse un angelo illuminato dalle candele. Beppina che non cantava, perché in tedesco non riusciva, e ti sbirciava per vedere se eri contenta; il resto del personale che obbediente faceva il coro, perché così piaceva ai padroni; soltanto mamma si abbandonava alla musica e pareva volesse trascinare con la sua foga gli scettici e i tiepidi che le stavano intorno.

Poi la distribuzione dei regali; toccava prima alle persone di servizio che ricevevano guanti, o sciarpe fatte a mano, oppure pantofole per tenere i piedi al caldo nei corridoi gelidi: prendevano i pacchetti senza aprirli, porgevano una mano timida da stringere e scappavano via lasciando ogni volta mamma un poco offesa per la mancata apertura dei pacchetti e per lo scarso entusiasmo. Non facevano esclamazioni di stupore e meraviglia come voi, né mostravano particolare gratitudine: pareva solo che volessero essere al più presto per conto loro, forse sedersi a bere vino rosso, a mangiar qualcosa di loro gusto senza dover badare ai modi, far le loro chiacchiere in dialetto, lasciarsi scappare una bestemmia. Voi invece dovevate essere allegri, volervi bene, lodare tutto, ammirare l'albero, il presepio, sentirvi l'animo buono. Disperatamente mamma cercava ogni anno di ripetere la cerimonia nello stesso identico modo dell'anno prima, stesso cibo, stesse canzoni, stessa tavola, senza mai cambiare niente, affinché sembrasse davvero che non fosse cambiato niente.

Si agitava di qua e di là, con il sorriso fisso, indugiando in mille cose per darsi un'aria felicemente affannata. Storie di biscotti e di dolci, di menù per la festa, di muschio, di candeline, di Gesù Bambini. Soltanto gli occhi irrequieti, che vi seguivano e vi controllavano a ogni momento, rivelavano che non era felice sul serio. Scostante tuo padre, seccato dal trambusto, si lamentava che era troppo il lusso, troppa la festa, che bisognava dare ai poveri la metà dei regali non essendo più il tempo per sprechi simili. Virginia era quella che se la cavava meglio, non s'impegnava a fingere affetti che probabilmente non provava più e faceva doni bellissimi e costosi a tutti quanti. Natale per lei era una vetrina in cui doveva apparire nella sua bellezza e generosità, con sfondo di rami di pino e di bambini dagli occhi luminosi.

Tu pensavi che era il primo Natale senza di lui – o forse era già il terzo o il quarto –, senza quei suoi regali sbagliati, quel tenerti la mano di nascosto, quel suo raro sorriso. Ti sforzavi di consolarti con pensieri di Natale, ma ti prendeva la nostalgia. Soprattutto alla Messa di mezzanotte. Erano meglio i giorni successivi, il 25 e il 26, quando era di nuovo permesso essere normali e si pensava al cibo, lodandolo, gustando ogni cosa in abbondanza. Tuttavia bisognava ancora sentirsi natalizi, buoni, con raccoglimenti serali attorno ad albero e presepio, con nuovi canti e ac censione di nuove candeline. Fu uno scandalo, quell'anno, perché Virginia andò al cinema con Tullio, come se fosse stato un giorno qualunque. Tuo padre ostentatamente non disse nulla, come per sottolineare il suo distacco da una figlia senza stile; mamma si risentì, cercò di fermarla: « Ma ti pare il momento di andare al cinema? Cosa dirà il personale? In questa casa non si è mai fatto così ». « Perché il cinema non c'era », rispose tua sorella scendendo a raggiungere Tullio che l'aspettava con l'automobile.

Per i tuoi Natali solitari Beppina ha cercato di salvare i vecchi usi; però comincia a dimenticarsene, non per negligenza ma per mancanza di memoria. Anche tu del resto. In più lei ci vede poco e non sempre distingue l'asinello e il bue dalle pecore del presepio; tu ti secchi per la confusione. Povera donna, ha anche imparato a fare i biscotti di Natale come li facevano le cuoche di tua madre e di tua nonna; ma non ne assaggia mai uno, dice che non è roba per lei, preferisce il salato. Ti mette su albero e candele; sa che sono proibite le palline colorate, le luci elettriche e gli altri ornamenti moderni; vuoi soltanto candele, mele e biscotti, da attaccare con una cordina d'argento. Non capisce quel tuo gusto scarno, probabilmente le piace di più l'albero che fanno i nipoti a casa sua, con lanternine intermittenti e tanta roba rossa e d'argento. Da tempo però non commenta più, si sa che i signori hanno gusti strani.

Ora è lei a farti i regali, più belli di quelli che tu le abbia mai fatto. Fazzoletti di batista ricamati da lei, o una tovaglia nuova, una volta addirittura una coperta elettrica che ti sei sempre rifiutata di usare, per paura dell'incendio, o un piatto d'argento, una medaglietta d'oro. Tu sei rimasta ferma alle sciarpe, ai guanti, alle pantofole per non aver freddo nei corridoi di casa che sono ancora gelidi. Una volta che cercasti di cambiare, chiedendole prima cosa volesse, si rinchiuse muta, quasi offesa: « Non ho bisogno di niente, signorina, non mi manca niente ». Nel testamento hai segnato le cose che toccheranno a lei: non soldi, che ormai ne ha più di te, ma alcuni oggetti vecchi – e strampalati – che ella ammira molto. Una tazza-souvenir di un santuario dove chissà quale zia o nonna andò in pellegrinaggio cento anni fa, con scritto sopra in gotico « Maria aiuta ». Il cesto del cucito che era appartenuto a mamma, di pelle e vimini, con forbici, ditale, aghi, spille e uovo di legno per rammendare le calze. Un trofeo di corna di capriolo, spelacchiato e ingiallito, che sta appeso tra le stampe delle scale: in un momento di confidenza ha detto che a suo nipote piacerebbe sistemarlo sopra l'ingresso di casa sua. « È un bravo cacciatore », ha spiegato Beppina, « la domenica va sempre con il cane a cercare lepri. »

Da anni quei nipoti le dicono di stare a casa, che non ha più bisogno di lavorare, che potrebbe fare la signora, andare in vacanza d'estate, farsi le cure per l'artrite da qualche parte, riposarsi insomma della vita di lavoro. Ma lei non ha voluto saperne, soltanto ha concesso di dormire a casa e di non venire la domenica. Ai suoi ha detto di non poterti abbandonare, che la signorina aveva bisogno. Probabilmente ti vuole bene per il passato, per come eri, non malinconica come adesso, né mai bisbetica, o impaziente per cose piccole, o zitta per giorni. Aspetta con te, ti fa compagnia in attesa della morte che naturalmente verrà di notte quando Beppina sarà a dormire a casa sua, e dopo non vorrà perdonarsi di averti lasciata sola.

Un giorno Virginia annunciò che sarebbe partita. « Vai in viaggio? Dove? Tornerai presto? Con chi vai? » chiese mamma. « Parto con Tullio e i bambini vengono con noi », annunciò tua sorella e la sera stessa se n'era andata. Papà non la salutò. A te Virginia disse che l'atmosfera della casa era diventata opprimente, che doveva vivere la sua vita, che Tullio non aveva più l'età per salire di nascosto in camera sua e dormire con lei. E tu, che età avevi? Quella di fare ancora la figlia piccola, di dormire da sola per sempre, di startene con il ricordo di uno che non aveva mantenuto le promesse? Virginia ti consigliò di andartene presto. « Non stare ad ammuffire qui, questo è un mondo finito. » Più tardi però, quando il papà e la mamma non ci furono più, ti mise in croce per portarti via quel mondo finito, la vecchia casa, il giardino, i campi.

Per averlo, i suoi figli e nipoti dovranno aspettare ancora un poco. Oltretutto sai che vorrebbero vendere la casa e con il ricavato comprarsi qualcosa al mare, o in montagna, oppure in una campagna più elegante di questa. O forse anche soltanto per godersi i soldi. Portarsi via i vecchi mobili da mettere nei loro appartamenti di città – che non hai mai voluto vedere: te li immagini lucidi come nelle pubblicità – e vendere la casa vuota a una scuola, al comune, o a qualche costruttore che ne potrebbe fare degli appartamenti... Solo che le mogli non sono d'accordo, hanno scoperto l'amore per l'antico, per le case di una volta con le grandi cucine. Anche questo lo hanno visto nelle pubblicità o su qualche giornale d'arredamento. Te ne sei accorta da come toccano e guardano le tue cose vecchie, non le patacche che piacciono a Beppina, ma i pezzi buoni. Vorrebbero venire ad abitare qui, per poter fare le castellane, mostrare agli amici di avere un passato, con i quadri degli antenati sulle scale.

Non sai cosa preferire. Venduta, dopotutto sarebbe forse meglio; magari trasformata in biblioteca o qualcosa di arido come sede dell'anagrafe, oppure scuola, qualcosa comunque che di notte restasse vuoto, senza nessuno, in modo che durante le ore silenziose i muri, le stanze, i corridoi potessero trasudare gli antichi fantasmi, la vita, gli odori, i rumori del passato.

Devi ricordarti di fare ordine, regolare ogni cosa prima di andartene: bruciare le lettere, togliere le fotografie, sfogliare i libri per levarne foglietti e noterelle rimasti tra le pagine. Mettere a posto l'archivio, i libri dei conti, gli armadi della biancheria e anche i tuoi vestiti, almeno quelli che metti di meno, per non lasciare tutto sulle spalle di Beppina. Non vuoi che scoprano pezzi della vita che non hai mai raccontato, non vuoi lasciare indietro tracce che parlino di te. Affinché non succeda quello che è successo a te con Virginia.

Sessant'anni dopo che è successo ricordi ancora la faccia di mamma quando tua sorella partì: cercava di tenere il sorriso nel volto pallido per nascondere l'infelicità. Era certa che non sarebbe tornata più, almeno non per vivere in quella casa, e inventava giustificazioni per consolarsi: « Deve fare la sua vita, ha bisogno di cambiare aria, forse Tullio va bene per lei ». Nessuno le rispondeva ma andava avanti a dire i suoi pensieri e poi non volle toccare niente nella stanza di Virginia e in quella dei bambini perché fosse tutto pronto per quando sarebbero tornati.

Andasti a guardare tra le sue cose dopo che fu partita, i vestiti dimenticati o lasciati, le carte in disordine nei cassetti – da buttare? da bruciare o da non toccare? –, gli oggetti che non le erano parsi importanti o belli abbastanza per far parte della sua nuova vita. Una collana di vetro, delle scarpe un po' antiquate, una cipria iniziata e i suoi diari. Diari di una vita vecchia, di quella che non aveva concluso, e perciò inservibile in quella appena cominciata. Andavi dunque e ti chiudevi in quella stanza, respiravi la sua aria, il suo profumo rimasto sospeso. Seduta sul letto, te ne stavi quieta, per ore, prima di trovare il coraggio di leggere. Meglio sarebbe stato se non l'avessi fatto, se Virginia avesse portato con sé i suoi diari o li avesse distrutti nel fornello di cucina.

Dapprincipio trovasti le solite cose: la sarta, gli amici da vedere, appunti per una lettera, la ricetta dei biscotti di vaniglia. E quando mai li aveva fatti? Poi ancora: « comprare la lana », « dal dottore », « Venezia », « regalo per mamma e per L. », « visto L. », « incontrato L. », « passeggiata con L. », « scrivere a L. ». Chi era L.? Quale tra i suoi amici era stato tanto assiduo, tanto importante da comparire quasi ogni giorno nel diario, per settimane? Forse il giovanotto di Roma? Ma era Fabrizio il suo nome, o Maurizio? Di L. ti veniva in mente solo il tuo L., il fidanzato che al matrimonio non era venuto. E i giorni erano quelli. I giorni dei tuoi baci, delle carezze nascoste, della felicità venuta prima delle malaugurate nozze.

Avanti e indietro sfogliasti il diario, come se avessi avuto la febbre, a confrontare date, a cercare di ricordare, incredula, sottosopra. Ah, potersi rammentare degli avvenimenti con precisione, giorno per giorno! Di quella volta in cui lui ti aveva detto: « Non posso venire, devo stare con mio padre », e poi controllare se mai coincidesse con la passeggiata annotata da Virginia. E se L. era il tuo L., che cosa si erano detti in quelle passeggiate, in quegli incontri, così frequenti, così segreti? E se le avesse dato gli stessi baci che a te? Per forza non avrebbe più voluto sposarti: che mai tu potevi aver meglio di lei, tu, acerba e rigida, e inesperta, lei bella, dolce, più seducente di te? Sentivi che era lui, che « pomeriggio con L. » non poteva significare altro se non che in tua assenza erano stati insieme da qualche parte... E poi?

« Aspetto un bambino », c'era scritto qualche pagina dopo. Infine, passati dei fogli bianchi, senza niente – giornate vuote o troppo piene per avere il tempo di mettere giù qualcosa –, solo « Matrimonio a monte ». Il tuo matrimonio. A capire ti aiutò lo spazio bianco tra l'uno e l'altro appunto: leggendo finivano vicini, una frase accanto all'altra. Ma no, avresti notato qualcosa, uno sguardo, una parola, un sorriso; non poteva essere. Eppure. Coincideva tutto: l'assenza di Giorgio nonostante il bambino, l'assiduità di Virginia in questa casa che non amava, la malinconia di L., il suo silenzio, la fuga due volte. Non poteva sposare la zia del suo bambino.

Ah, perché avergli detto no con la voglia di dire sì? Perché non aver fatto in modo che quel bambino fosse stato tuo? Perché essere sempre stata obbediente alle regole, non scritte e non dette, invisibili ma così fortemente sottintese da non poterle in nessun modo infrangere? Perché non essere stata come Virginia? Ma quando, ma dove ti avevano tradita, quando avevano deciso, come si erano accordati, dove si erano visti? Era stata lei a sedurlo oppure lui a pregarla, a convincerla, a supplicarla? No, di sicuro insieme, tutti e due d'accordo, incapaci di resistere, eccitati dal tradimento, dal pericolo di essere scoperti, dallo scandalo.

Per te oggi sono figure di un film, ma ancora non sei indifferente a quella scena che hai rivisto centinaia di volte. Di te avranno riso o avuto pietà? Se mai avranno avuto il tempo di pensare a te. Che lui le piacesse tu lo sapevi e te n'eri rallegrata; anzi, c'era stata una certa fierezza. Ma lui, lui, quando aveva visto Virginia in quel modo? Niente ti tornava in mente, nessuna frase, nessuna parola, non un commento, un'occhiata, un sospiro che l'avesse tradito. Invece sì, c'era stato quel tuo racconto, di Virginia allo stagno durante la guerra. Quell'immagine di lei tra l'erba, offerta al soldato, non poteva essere stata che quella a svegliare la sua curiosità, forse già il desiderio. Rimanesti chiusa nella stanza di tua sorella fino al buio, e volevi con tutte le forze sentirti lei. Dunque avrà cominciato a guardarla, le sue gambe belle, i piedi piccoli, i vestiti che lasciavano vedere un po' di seno, per un bottone slacciato come per distrazione, o per il taglio un po' troppo stretto, o per la stoffa leggera leggera. Si muoveva bene, Virginia, e con il profumo nei capelli. « L'alcool fa male ai capelli », diceva Beppina, ma tua sorella non le badava e scuoteva la testa mandando una scia odorosa.

Forse, salutandola una volta, lui avrà sentito le sue mani sempre morbide di creme e d'improvviso se la sarà figurata sul bordo dello stagno, come gliel'avevi raccontata. Una donna sposata ma senza marito, con esperienza, una donna inquieta, come scrivevano i romanzieri per intendere altro. Avrà aspettato l'occasione per dirle una parola in disparte? E lei? Come resistere alla tentazione di lasciarsi sedurre dal fidanzato della sorella? Come rinunciare al gioco segreto sotto gli occhi di tutti senza far sapere a nessuno? Conoscendo Virginia, non devono essere andati lontano, al massimo giù in giardino o addirittura in questa stanza, con la porta chiusa da dentro. L'eccitazione di spogliarsi in fretta, sentendo da fuori le voci della casa, magari anche la tua. Non avranno parlato molto – lui è sempre stato taciturno –, avranno bisbigliato qualcosa, per paura di farsi scoprire. Perfino quelle parole cercasti d'immaginarti.

Poi lui l'avrà lasciata nel letto, ad ascoltarsi il sangue circolare con forza, a gustarsi il piacere di sentirsi svuotata di ogni pensiero. Non ci sarebbe stato nulla di strano perché spesso durante il giorno Virginia si ritirava nella stanza a riposare un po'. Lui sarà venuto a cercarti, mentre tornavi dalle prove del vestito o da una visita con la mamma o da qualche altra incombenza che aveva segnato quei giorni. Te lo eri ritrovato davanti sorridente, silenzioso, tenero ancora e ancora con voglia di baci e nella tua ignara verginità non ti eri accorta di niente. Non chiedeva ma voleva fare l'amore con te, questo però lo capivi. Anche con te.

Non pensavi ad altro. Tentavi di ricordare un gesto, una parola, un'assenza o una presenza, che avrebbero potuto aprirti gli occhi. Sì, c'era stata l'allegria di Virginia, quel suo benessere splendente e appagato benché già in disaccordo con il marito. Ma se tu eri ignorante, lo erano stati anche tuo padre e tua madre, Beppina e la cuoca, che pure avrebbero potuto capire. A volte lui si era fermato poco, era venuto e sembrava di fretta, con la testa in altri pensieri, ma che ne sapevi della vita degli uomini? Gli uomini avevano affari, preoccupazioni, cose di maschi: t'immaginavi che dovesse lavorare con carte, scrivere, incontrarsi con persone e parlare di fatti difficili: invece, scappato via da te, se ne andava a cercare tua sorella.

Mettesti via il diario, sotto chiave in un armadio di soffitta, affinché non ti venisse più tra le mani, per dimenticarlo del tutto e non rileggerne le frasi che sembravano cadute lì, indifferenti e senza peso per tutti gli altri, graffianti come mani di strega per te. Invece nel corso degli anni capitò che salissi a prenderlo, a ricontrollare parola per parola, perché di tanto in tanto avevi bisogno di convincerti di nuovo che era andata proprio così. Virginia diventata rispettabile, con un figlio anche di Tullio, sempre bella e curata, bacchettona quasi, capace di scandalizzarsi per una storia o per l'altra, non poteva essere quella che un tempo aveva scritto: « Aspetto un bambino », e « Matrimonio a monte », come se fossero fatti di altra gente.

E L.? Il tuo L.? Non c'è più, morto vent'anni fa, lasciando una vedova con capelli e unghie tinte, sui sessanta ma che ne dice meno. È la sua terza moglie; chissà perché se n'è presa una così, con gli occhi pitturati e chiacchierona. Dalla seconda moglie si era separato; o meglio, se n'era andata lei, per il suo cattivo carattere, per contrasto con i figliastri, per la vita troppo solitaria. La prima, quella che nel pensiero ti fece soffrire di più, morì sei-sette anni dopo il matrimonio, era mite, timida, non bella e non brutta, qualcuno disse che assomigliava a te, e ti fu invisa, mentre era la migliore. Tre volte si era sposato e mai con te: dunque non era restio al matrimonio, allergico alle cerimonie. Hai sempre saputo tutto di lui in questi anni, trovavi sempre chi veniva a dirtelo.

Quando era malato, per quella gamba brutta, gottosa – era appena sui quaranta – che aveva strapazzato durante un giro per le vigne. Quando stava in viaggio. Quando invitava qualcuno a mangiare, e il menù delle occasioni era turbante di riso con salsa olandese e per dolce barchette con panna e fragole. Di mezzo, non ti ricordavi che cosa dava di solito. Quando ridipinse le facciate e sistemò il tetto, rischiando egli stesso di morire perché era salito su in cima per controllare gli operai e poi aveva fatto uno scivolone fino alla gronda. Quando la figlia s'incapricciò del figlio del falegname e lo sposò, giustamente, perché era un giovane capace: adesso è architetto e arreda le case di villeggiatura dei signori di città. Ma lui, il padre, a suo tempo era stato contrariato e c'erano state scene in famiglia. Hai sempre saputo tutto di lui, stavi in ansia per la sua salute, eri contenta se qualcosa gli andava bene, conoscevi il nome dei figli e il giorno del loro compleanno. Lui, probabilmente, di te non aveva mai saputo più nulla, né si era chiesto come vivevi. O forse anche a lui andavano a dire le cose della tua vita. Mai un biglietto, una lettera, un'intesa in tutti questi anni, e sì che gli avevi perdonato. Ti è toccato incontrarlo ogni tanto a qualche ricevimento e avresti voluto apparirgli sicura, tranquilla, padrona della vita. Invece ti sentivi sempre come chi è rimasto solo. L'hai visto imbruttire, invecchiare, grosso, senza capelli, il sorriso non più quello di una volta, eppure hai continuato a sentirlo familiare. Parlato non avete mai più, un saluto a stento in quelle dieci-dodici volte che vi siete incontrati, in qualche occasione fingendo anche di ignorarvi, di non conoscervi più, ed era come se vi foste messi d'accordo per far scivolare lo sguardo, ben attenti a non incrociarvi. E quell'accordo segreto ti era più caro del frettoloso saluto: segno che v'intendevate ancora.

Chissà se aveva saputo di te, della tua vita solitaria con papà, mamma e Beppina, poi con Beppina soltanto, e fra mezzo quegli anni diversi, che ormai ti sembravano vissuti da un'altra. Per raccontarglieli sei andata al suo funerale, per stare con lui ancora un'ultima volta cinquant'anni dopo. Gente che potesse ricordare, ricollegarti a lui, non ce n'era più, eri soltanto una vecchia conoscente in visita di cortesia. Una vita parallela era stata la vostra, sempre distante uguale, ed egualmente vicina, nelle vostre case a cinquanta chilometri l'una dall'altra. Tu ti preoccupavi delle vigne con storie di peronospora e di gelate fuori stagione, e anche lui. Le speranze della primavera, le promesse della vendemmia e le beghe dell'inverno segnavano le tue stagioni, e anche le sue. E poi la casa da curare, i mobili da tenere da conto, i ricordi da custodire.

Da giovani avete avuto vita diversa perché lui aveva dovuto prendere mogli, e anche viaggiare per trovarle, avere figli, avere voci in casa, chiasso, allegria probabilmente.

Ma poi, sul tardi, i vostri giorni dovevano essere stati simili: leggere un libro, mettere in ordine ancora e ancora, all'infinito, gli oggetti di casa, forse lettere, o fotografie, o quaderni dei conti, una qualche collezione. Passare da una poltrona all'altra, seguendo il caldo del sole contro le finestre, alzarsi una volta per raddrizzare quel quadro, un'altra per tastare la stufa e vedere semmai occorresse nuova legna, e un'altra ancora per inquietudine soltanto. Svegliarsi sempre più presto alla mattina, perché i vecchi non dormono, allungando le giornate già lunghe; coricarsi di buon'ora e starsene un pezzo nel letto a ripassare la vita, ascoltare la casa, dire le preghiere, eventualmente. Sei sicura che negli ultimi tempi la sua vita è stata come la tua, riempita di piccole cose che occuperebbero una o due ore al massimo nei giorni di un giovane, gesti diluiti tra mattina e pomeriggio per non far sembrare vuota l'esistenza.

Con qua e là qualche avvenimento minimo che cambia d'ordine i pensieri. Una visita, un ricordo ritornato fuori, una notizia di nascita o morte, più spesso morte. Emozioni no, non ce ne saranno più, perché non ti lasci più emozionare. Non dalla musica, perché ascoltarla nella casa vuota ti fa sentire più sola e acuisce il silenzio poi quando tace. Non dai libri, perché fai fatica con gli occhi; al massimo ti tengono compagnia per un po' ma è raro che parlino del mondo tuo. Qualche volta ascolti la radio, per sapere le notizie, ma soltanto la mattina, perché la sera ti fa paura sentirne la voce estranea nelle stanze morte. Televisore ce n'hai uno, regalo di parenti, immenso, in bianco e nero, ma l'accendi solo tre o quattro volte l'anno. Stai con i tuoi pensieri, questo sì, ti fai scorrere il passato, avanti e indietro, salti alcune parti, quelle senza sapore, e sono le più lunghe. Anni e anni hai vissuto nel tiepido, in casa con mamma e papà, bambina invecchiata, servizievole, ragionevole, senza preoccupazioni, per sempre minorenne.

« Posso andare, posso fare, vi dispiace se...? » A trenta e trentacinque anni ancora. In viaggio con loro, in vacanza con loro, in visita con loro, al concerto con loro, e poi Natali, Pasque, compleanni e capodanni sempre passati insieme. Loro, dopo un po', si erano rassegnati a che tu rimanessi senza marito, anzi sembravano contenti. Quella loro soddisfazione ti pareva sgradevole quanto la precedente affannosa ricerca di uno sposo per te. Oltre che per la compagnia eri comoda per vari servizi, guidare l'automobile risparmiando la spesa dello chauffeur, collaborare nell'amministrazione dei campi per la quale – come diceva papà – avevi una buona testa, fare il quarto a bridge assieme al notaio, l'unico del paese che sapesse giocare e che per questo veniva invitato. Non ti pesava più di tanto quella vita, anzi ti ci eri accomodata dentro, e in molte famiglie c'era qualcuno come te: solo dopo, quando cambiasti, ti apparve vuota.

Hai lettere, foto, testimonianze per ogni pezzo della tua esistenza: la zia in visita, la tavola imbandita per il sessantesimo di papà, l'arrivo in pompa di tua sorella con la vettura nuova, l'albero di Natale e l'uomo di neve, Beppina in cucina mentre spiuma un gallo, il picnic in montagna, le feste del paese, una coppia di anziani cugini in posa sotto braccio. Di tutto c'è traccia, tutto è stato fotografato, descritto, ricordato. Le foto sono negli album di carta nera e sotto ciascuna è accuratamente spiegato l'avvenimento, segnata la data, precisato il luogo.

È questo il tuo materiale del ripasso, le pezze d'appoggio dei giorni andati. Eppure quella buona bambina di trent'anni sapeva che la sua vita sarebbe dovuta essere diversa, soltanto si stupiva che ancora non fosse cambiata. Beppina conosceva i tuoi pensieri, l'ansia segreta che ti agitava: papà e mamma ringraziavano Dio di avere una figlia come te, domestica e docile, un cuscino rassicurante in mezzo alle loro incomprensioni. Preferisci saltare quei tempi, passarli via in fretta, fermarti piuttosto ad altre stazioni dove ti ritrovi magari più infelice ma viva. Come la guerra, la seconda che ti capitò, e che imprevedibilmente ti cambiò l'esistenza, oppure sempre quello, il lontano fidanzamento mai concluso. Sono stazioni di dolore eppure inevitabilmente ci ritorni: lui per esempio, l'unico che ti è rimasto in mente – in tutto ce ne sono stati due soltanto –, neppure come seconda o terza moglie ti ha voluto. Alla morte della prima e alla fuga della seconda, ti eri aspettata qualcosa e per due volte fosti di umore terribile – ne seppe qualcosa Beppina – quando egli si accasò altrove. Dopo sentisti pietà dei tuoi sogni.

Alla morte di tuo padre ti prese la paura che tutto andasse perduto: non solo i campi e le vigne, ma la famiglia, le tradizioni, gli usi vostri, il modo di vivere come una volta. Virginia già aveva tentato di portarvi idee nuove. Quando veniva in visita diceva che tu e mamma dovevate cambiar sarta, trovarne una più fantasiosa, o addirittura comprare qualcosa di fatto. Vi invitava al ristorante; mamma ci andò una volta soltanto e poi mai più, perché « si era sentita osservata e la tavola era apparecchiata in modo un po' ordinario ». Tu ci tornasti per avere pace con Virginia ma stavi in tensione e a casa ti sembrava tutto più buono. Tua sorella voleva vivere in fretta, non conservava le cose, gettava quelle rotte senza aggiustarle, si distaccava dagli oggetti senza nostalgia. « Quando butterete tutte queste foto? » chiedeva osservando ritratti e ritrattini che abitavano in salotto. « Sembra un cimitero, sono tutti morti, molti non li avete mai conosciuti! » E vi regalava, già incorniciati, d'argento, i ritratti dei figli che poi disponeva qua e là in casa. « Cambiate queste stoffe, vi manderò io un tessuto per le tende; perché non sostituite quelle sedie scomode con delle belle poltroncine? » Qualcosa riuscì a fare nonostante l'opposizione di mamma. Aveva in uggia il vecchio e sognava di rimodernare ogni cosa. Quando morì vostro padre vi pressò in ogni modo affinché vendeste qualche campo, qualche casa colonica. Lo chiedeva per voi, perché vi poteste godere un poco la vita, permettervi qualche comodità in più, un altro bagno in casa, del personale come si deve e non la Beppina di sempre passata a far di tutto, governante, cameriera, aiuto amministratrice, anche cuoca. Così diceva Virginia.

Vedendovi poco entusiaste, timorose del nuovo, cercò di invogliarvi con regali che vi iniziassero al vivere moderno, germi che avrebbero dovuto propagare l'epidemia. Arrivava dunque con cose strane, che non avevate mai visto. Un poggiaspugna per la doccia che in casa non esisteva, radio e giradischi, scaldavivande a elettricità, accendisigari automatici. Stavano esposti, questi oggetti, bene in vista affinché Virginia non se ne avesse a male, ma rigidi e senza vita perché nessuno li usava mai, soltanto venivano spolverati periodicamente. E i vestiti che vi regalava, almeno quelli destinati a mamma, finirono prima in un armadio e poi ai bisognosi della parrocchia. « Ma le donne povere non si vestono da sera », aveva commentato Beppina, ingolosita dalle belle stoffe. « Vergognati », rispondeva mamma, « questi non sono abiti adatti a una ragazza per bene: non hai visto le scollature? Quelle poverette useranno la stoffa per cucirsi qualcosa di conveniente. » Il risultato fu che qualche mese dopo la signorina Cesira, che andava nelle case a fare le punture, si presentò una domenica a Messa con il vestito scollato di mamma sotto il cappotto lasciato aperto quel tanto che lasciasse vedere.

I tuoi li tenesti perché addosso ti piacevano, anche se nello specchio ti avevano rimandato l'immagine di un'altra. Una donna sottile, non più magra, con gli occhi scuri, e se scioglievi i capelli ti pareva estranea del tutto, quasi bella. Neppure invecchiata tanto, nonostante l'età, anzi ancora fresca, come certe monache che a cinquanta-sessant'anni mantengono i tratti lisci e intatti delle ragazze. Intemperie ne avevi vissuta una sola, ma non ti era stato permesso di esporti più di tanto, non quanto occorresse per lasciarti addosso delle tracce.

VENNE la guerra, la seconda, e fu quella che ti liberò. Foste preservati di nuovo, come la prima volta, quando papà era tornato dalla Polonia dopo quattro anni combattuti nelle retrovie, tra un tè e una merenda con signore senza marito. La seconda volta non c'erano più uomini in famiglia che potessero morire, non fratelli, non figli, appena troppo giovane il maggiore di Virginia, troppo vecchio suo marito Tullio. Fu richiamato l'uomo di cui non vuoi mai più dire il nome, e per lui fosti in ansia, benché a casa avesse già la seconda moglie. Ma fu ferito in Jugoslavia e tornò un anno dopo esser partito. Rimase a lungo in ospedale senza che riuscissi a deciderti se andarlo a visitare o no. Quando fu dimesso, e tu ancora eri incerta, ti pareva di aver perso l'ultima occasione per ritrovarlo.

Preservati voi, ma non Beppina, cui la guerra portò via due fratelli dei quattro che aveva, i due migliori, i più lavoratori, rispettosi dei signori e delle loro cose. Morti congelati in Russia: quando uno dei due non ce l'aveva più fatta a camminare, l'altro se l'era messo addosso, finché erano caduti insieme. Lo raccontarono alcuni compaesani tornati indietro che, per carità dei parenti, facevano belle le storie, con amore fraterno e solidarietà. Ricordi certe cartoline dal fronte che Beppina ti mostrava con poche frasi e grafia di gallina. In italiano però, perché il dialetto era più difficile da mettere per iscritto, o forse perché su una cartolina aperta si vergognavano della loro parlata montanara. « Qui fa freddo e si mangia soltanto pane duro, nero, e minestra di acqua. Per il resto bene ogni cosa, solo nostalgia per il paese e la famiglia lontana: Silverio e Olindo », avevano scritto nell'ultima cartolina e Beppina se l'era portata nella tasca del grembiule, per fartela leggere. Solo che era arrivata molti mesi dopo che erano morti e voi non lo sapevate. Così, quando giunse la notizia della loro fine, la povera mamma di Beppina non si raccapezzava: « Ma non è possibile », gridava, « non possono essere morti, mi hanno mandato questa cartolina, guardatela, riconosco la scrittura! »

Altra gente del paese perse congiunti in quei quattro anni. Piangevano, e anche tu rimanevi sveglia qualche notte a figurarti quei morti di freddo, o dissanguati, o fucilati, o finiti in qualche altro modo, soli e lontani da casa. Ma si era abituati alla morte, morire era normale, e più di tanto non si poteva piangere. Anche tu, con la metà degli anni di adesso, pensavi di potertene andare ogni giorno, e non ti sembrava strano. Non come ora che, in fondo, credi di poter vivere ancora a lungo. Sì, pensi alla morte, fai ordine fra le tue cose, impacchetti vecchie lettere, sistemi documenti, scrivi testamenti e dividi la tua roba, ma non riesci a immaginarti morta davvero. Con civetteria parli ogni giorno della partenza, ti intrattieni con Beppina. Dici: « Tra un po' non importerà più », o: « Quando non ci sarò più, ricordati questo e quell'altro, non permettere che facciano scempio dei miei fiori, portati via quella spilla con le tre perle ».

La sera quando se ne va le dici anche: « Chiudo a chiave senza mettere il chiavistello perché tu possa entrare se muoio stanotte ». Lo ripeti ogni sera e Beppina non s'infastidisce più come i primi tempi, né più spreca fiato a risponderti: « Non dica così, mi fa dispiacere, e poi di sicuro me ne andrò prima io ». Hai paura che nonostante tutto il tuo dire Beppina finirà per andarsene senza aspettarti. « I poveri muoiono prima », dice sempre. Tuttavia non la puoi mettere sul serio tra i poveri: già da un pezzo ha più soldi di te, dai tempi della seconda guerra. Aveva parenti con bestie nella stalla che poi macellavano di nascosto, e anche a voi toccava qualche bel pezzo, di coda, di testina, di stinchi o salsicce. In montagna, dove eravate sfollate, vi portava le uova e la frutta dell'orto poiché il vostro era abbandonato giù in paese e ci erano passati i soldati. Vi riforniva di bella lana per le maglie, qualche volta anche di zucchero e di conserve che lei sapeva fare con sale e pomodori, senza olio, perché non se ne trovava, di prugne per fare la marmellata scura, quasi amara, latte e qualche fetta di formaggio saporito. I formaggi di adesso non sanno più di niente. Quando vai al negozio al posto di Beppina te li consigliano: « Sono leggeri, alla sua età fanno bene ». Formaggi per vecchie e dunque non li mangi.

Il pane che portava Beppina su in montagna lo facevano in casa e non era né bianco né nero, ma grigio e buono. Vi schernivate, tu e mamma, quando tornava dai suoi giri con fagotti pieni che scioglieva sul tavolo di cucina. Dicevate: « Non dovevi, non abbiamo bisogno di niente; pensa piuttosto a voi! » « Quanto costerà tutta questa roba! » Ma di pagare non se ne parlava. Se fosse stato vivo, il papà non avrebbe permesso di accettare regali da Beppina, ma già non c'era più. E dunque con mani esitanti prendevate quello che portava – una volta anche un coniglio vivo dentro una cesta – e mamma stava lì imbarazzata: « Grazie, Beppina mia », ripeteva, « non so cosa dire, non so se è bene che io accetti ».

Mamma si preoccupava per Virginia e i nipoti, avendo sentito che in città la situazione era più dura, e metteva via parte delle provviste ricevute per spedirgliele. « Chissà cosa mangeranno quei poveretti! » era il suo cruccio. Poi Virginia venne in visita, bella paffuta ed elegante come sempre. Tullio, spiegò, riusciva ad avere sempre quello di cui c'era bisogno. Sfoggiava gioielli e raccontava della carriera di suo marito la cui fortuna crebbe ancora dopo l'8 settembre trovandosi in posizione favorita a Verona, poco lontano da Salò. Anche Virginia conobbe il Duce e ne fu esaltata. Vi rimproverò di esservi ridotte come montanare, disse che mamma aveva bisogno di un altro ambiente, che avrebbe organizzato il suo trasferimento a Verona in casa sua. Lo ripeteva a ogni visita ma non ne fece niente. « Dopotutto », annunciò un giorno, « è meglio che resti con te: Tullio ha bisogno della sua tranquillità. »

Non sta bene dirlo, ma il tempo di guerra fu un buon periodo, quasi una villeggiatura. C'era solo la preoccupazione per la casa giù in valle, che venisse bombardata, saccheggiata, o rovinata dalle piogge e dal brutto tempo. E perciò regolarmente scendevi con la bicicletta a controllare la situazione, ma allora non tenevi alle cose come adesso. Se anche avessero fatto legna dell'uno o dell'altro mobile, non te la saresti presa tanto. Ora invece!

NELLE ultime settimane di guerra ci fu un giorno di gran paura per te. Eri scesa in paese. C'erano segni sul portone di casa, colpi di mazza o di pietra pesante, come se qualcuno avesse tentato di entrare, ma il legno aveva resistito, e dunque ti avviasti tranquilla. Appena dentro nel fresco ingresso ti venne però incontro l'odore forte di vestiti sudati, di uomini sporchi e fiato di vino. C'erano dieci o dodici tedeschi sdraiati lungo le scale, un po' troppo ubriachi per poter ragionare ma non ancora abbastanza per essere inoffensivi. Si svegliarono al vedere una donna e un paio ti furono intorno. Soldi volevano. « Tesoro, dove essere tesoro? » chiedevano strattonandoti le braccia e il vestito, così vicini che sentivi in faccia il respiro di alcool. Non c'era niente, solo quadri e mobili che non interessavano a soldati in fuga, e glielo dicesti in bel tedesco. Fece impressione, ma poi qualcuno disse: « Spion, spion » e ti misero contro la parete con i fucili pronti.

Saresti dunque morta per quella stupida mania di controllare la roba, vedere se tutto era in ordine. Ti dispiacque per mamma che sarebbe stata ad aspettarti. Ma non eri rassegnata: buttasti loro la chiave della cantina fonda, con i botticelli dell'ultimo vino e le damigiane di grappa. « Ecco, qui dentro c'è il tesoro, andatevelo a prendere, la porta piccola giù per le scale. » Andarono, lasciandone tre a custodirti con i fucili, ma quando dal basso giunsero richiami – « Hier, kommt! » – scesero anch'essi.

Un momento dopo eri fuori in strada a pedalare piegata sulla bici. Il giorno dopo scendesti di nuovo, con Beppina stavolta. Non c'erano più soldati, solo dappertutto l'odore di grappa e i vetri delle damigiane, con vomito sparso in cantina e giù per le scale. Se n'erano andati attraverso i campi. Ci fu da lavorare per qualche ora con scope, stracci e secchio, aprire le finestre per togliere la puzza, lavare le scale, rimettere il chiavistello alla porta forzata del giardino. Quand'ecco spuntare da quella parte una figura malconcia, a passo incerto, che cercava di nascondersi lungo la siepe. Venne avanti infine un ragazzo, uno dei tedeschi del giorno prima, disfatto, la divisa stracciata.

« Mi hanno lasciato qui, mi ero messo a dormire nella legnaia e non mi hanno chiamato. Datemi una bicicletta, vi manderò i soldi appena a casa, aiutatemi sennò mi ammazzeranno. »

Avrà avuto diciott'anni e Beppina già era andata a prendere la bici, ma tu avevi visto che era uno dei tre che ti avevano fatto la guardia.

« No, Beppina, non dargli niente. »

Il ragazzo si buttò in ginocchio. Non ti commosse: « Ho detto di no ».

Si volse allora a Beppina, che aveva sentito più compassionevole, e chiese vestiti.

« Con la divisa sono un tiro a segno per i partigiani, datemi un mantello, una giacca, una roba vecchia, per carità. »

« Beppina, ti proibisco. »

« Ma è un povero diavolo, vado a prendergli un pastrano. »

« Che si arrangi. » E poi a lui: « Via di qui, subito, non farti più vedere ».

Beppina intervenne ancora: « Posso dargli almeno qualcosa da mangiare? Vado a vedere nell'orto se trovo qualcosa ».

« Avranno già rubato tutto. »

Corse lo stesso e tornò con un mazzo d'insalata che avvolse in un giornale. Ma il soldato non si lasciò consolare e senza ringraziare si avviò stancamente verso la campagna.

Camminava come un vecchio cui pesano gambe e braccia. Andando ancora si lamentava, disperandosi in tedesco e anche in italiano, affinché sentiste.

Tornando in montagna rimaneste zitte, ma forse era soltanto perché c'era da spingere la bicicletta e mancava il fiato per parlare. Ti eri vendicata: il giorno prima il ragazzo ti aveva sbottonato il vestito. Ti aveva strappato la biancheria mostrandoti ai compagni che ridevano. Poi ti si era buttato addosso quando da giù avevano gridato: « Hier, kommt! » e i due che ti tenevano erano corsi via. Lui ti aveva preso la faccia e forzato la bocca respirandoti dentro il fiato di vino. Poi anche lui era sceso.

Il giorno seguente venne su a chiamarvi un uomo del paese, uno di vostra fiducia che aveva le chiavi del cancello: « Scendete, è successa una disgrazia ». Poi ti accompagnò giù, nel giardino, fino all'albero da dove pendeva impiccato il soldato, a un ramo basso, e sfiorava la terra con i piedi.

« L'hanno ammazzato? »

Scosse la testa.

Fu brutto doverlo dire a Beppina, ascoltare il suo silenzio. Commentò soltanto: « Era meglio se mi lasciava dargli il pastrano ». Non fu detto altro sopra quella vicenda, e mamma non ne seppe mai nulla. A te la faccia del soldato è rimasta dentro in questi anni e ancora oggi, che tutto è sbiadito, che appena ti ricordi i volti della tua vita, che i tratti dei morti di famiglia già si sono fatti incerti e per richiamarli devi ricorrere alle fotografie, quell'espressione disgraziata ti visita, ti sorprende, con la sua barba non rasata, gli occhi lacrimosi, la stoppa sporca dei capelli.

Meglio sarebbe stato se i suoi compagni non lo avessero chiamato dalla cantina, se gli avessero lasciato il tempo di prenderti, là in cima alle scale o fuori sul prato, soffocando, forse, la tua rabbia di vecchia signorina spogliata da un ragazzo di diciotto anni. Non si sarebbe allora ubriacato così tanto, e sarebbe stato pronto per andar via con gli altri. Quel morto è rimasto tra te e Beppina e ci sono voluti innumerevoli giorni – di piccoli discorsi, di parole sommesse, di gesti, di abitudini, di vita quotidiana – per appiattire quel groppo sotto la tovaglia, per cessare di sentire il sasso nella scarpa. Chissà se oggi ancora ricorda o se tutto è stato cancellato dagli anni di monotono lavoro. Tacete tutte e due e perciò di lei non sai, ma sai di te, della tua fatica di tenere rinchiusi i fantasmi.

INTANTO era venuto quell'uomo, su in montagna dove eravate sfollate. Un italiano, di Milano, uno che si interessava di politica, giunto là per prendere contatti con i partigiani, per organizzare il Comitato di liberazione. « Un comunista », disse tua madre con spavento, come se avesse visto un uomo nudo, o un notorio assassino. Ma c'era anche curiosità nella sua voce, come per un fenomeno mai conosciuto prima, interessante da scoprire, con cautela. Aggiunse: « È di un'altra classe sociale », come del resto si conveniva a un comunista. Lo fece rimarcare ripetutamente forse perché ti vide familiarizzare con lui. « Si presenta bene, è educato, è anche più ricco di noi, ma è uno del popolo », confermò. Era un medico. Di Beppina, di un artigiano, di un contadino, non avrebbe mai detto una cosa simile, perché la differenza si vedeva, mentre per un dottore che le donne guardavano volentieri sentì il bisogno di ripeterlo più volte. S'infastidiva quando veniva in visita, sempre portando qualcosa, formaggio, latte, oppure libri e giornali, salame e vino. Si seccava di dover ringraziare se lui arrivava con qualche medicina per la sua pressione alta o lo sciroppo per la sua tosse. « Sei troppo cordiale », ti rimproverava, « troppo sorridente, ci vuole più orgoglio con gli uomini. » « Possibile che ci siamo solo noi da visitare? Perché viene sempre qui? A vedere come siamo ridotte male? »

Si accorse, il visitatore, della maldisposizione di tua madre e cominciò a venire di sera, quando lei era già a letto, e in cucina giocava a carte con te: qualche volta si sedeva anche Beppina, prendeva in mano il mazzo e per fare il quarto chiamava suo cugino, che era poi il padrone di casa. Si arrabbiò, la mamma, sgridandoti come una bambina, la volta che vi trovò tardi al tavolo, con la lampada a olio. Non dormiva più come un tempo e aveva sentito il mormorio. Divenne un'abitudine vederlo ogni sera – Matteo si chiamava – e di sé non raccontava, ma ti faceva parlare e ascoltava. Di lui non hai foto, almeno non di quegli anni, perché non c'era più tuo padre con la sua macchina fotografica e mamma si era sempre rifiutata di imparare a sviluppare le pellicole, infastidita dall'ingombro che egli le aveva procurato con quell'operazione, quando in bagno stendeva ad asciugare le foto come fossero pezzi di biancheria. Né all'epoca c'era disponibilità di denaro per mandare a farle stampare. Soprattutto l'atmosfera non era più quella del passato: chi mai voleva aver ricordo di quei tempi, della guerra, dei morti, della miseria, dello sfollamento?

Era diverso da quell'altro uomo, più vecchio, più sicuro, non così malinconico, e italiano. Con tanti capelli, scuri e folti, occhi scuri e costruito bene, con mani belle. Sorridente spesso, con passioni per la politica, per certi scrittori che non avevi mai sentito nominare, per le passeggiate di mattina presto, e per le tue gambe. Così diceva. Eri allegra in quel tempo? Sì e no. Non come a sedici, a diciotto e a vent'anni quando ci fu quell'altra storia. Di più non hai da dire, altri giorni di allegria non ti vengono in mente. Sì, da ragazze, tu e Virginia insieme, anche con Beppina, avevate spesso da ridere, ma poi tua sorella era cambiata, si era messa in mente gli uomini e non aveva riso più tanto, non con te almeno.

Tuttavia in quei mesi in montagna, nella casa del cugino di Beppina, con il dottore che veniva a trovarti fingendo di dover visitare tua madre, eri più allegra che in tutti gli anni passati a ricordare, ad aspettare niente, a vegliare su papà e mamma, sulle cose di casa, sul giardino e sui campi. Beppina si doveva essere accorta che c'era qualcosa di nuovo e si adoperava in ogni modo perché tutto fosse perfetto, perché sembrasse che foste giù in valle, nella casa con i mobili lucidi come prima della guerra. Fingeva dunque cerimonie, abbassandosi più del necessario come per mostrare che voi eravate abituati a grandi cose, a grande ménage, e che solo le momentanee ristrettezze vi avessero costretto a contentarvi di un'unica Beppina tuttofare.

Non fosse stato per il malumore di mamma, che cercava di non rivolgere la parola al dottore, non fosse stato per il pensiero della casa abbandonata, dei campi malridotti, sarebbero state settimane spensierate, con l'estate che arrivava: alle stagioni non importa della guerra, vengono avanti sempre uguali, senza riguardi, illuminando i pascoli e lo scuro dei boschi, lucidando le malinconiche case di pietra e legno, sbilenche e grigie, umide ancora dell'inverno. Gli odori del fieno entravano dalla finestra, assieme al rumore dell'acqua della fontana: eravate scure in faccia, tu e Beppina, e anche di questo mamma ti rimproverava. « Sei abbronzata come una contadina, mi sembra ordinario e ti rovina la pelle. » Da quando c'era in giro il dottore non ti perdonava più niente, lei che era sempre stata sommessa, un po' spaventata, solidale con te.

Faceva bene comunque. Perché una sera, dopo il gioco di carte che si era prolungato, quando ella già da un pezzo dormiva e quando anche Beppina, dopo inutile affaccendarsi, dopo essere andata in su e in giù con ogni pretesto poiché non le pareva conveniente lasciarti sola con un ospite non tanto conosciuto, finalmente era andata a dormire, tu dunque una sera gli permettesti di salire con te. « Ti accompagno fino alla porta », aveva detto perché già vi davate del tu. Beppina che era svelta a capire le cose aveva fatto di tutto per impedirlo: te la ricordi, eccome, se te la ricordi, mentre spostava una tazza da qua a là, rilavava un bicchiere già lavato, usciva e rientrava fingendo di aver dimenticato gli occhiali, mentre tu, e anche lui, speravate ogni volta che fosse l'ultimo giro, l'ultima buonanotte, per poter stare soli, sedere più vicini. Beppina aveva sentito il pericolo e non voleva abbandonarti mentre tu volevi che finalmente avesse pietà di te e se ne andasse. L'avevi detestata nel suo indugiare e i minuti si erano fatti eterni in quella mezz'ora, o forse un'ora, in cui il gioco era andato avanti automatico, senza che in realtà vedeste le carte, i colori, i punti dell'uno e dell'altra.

Lui non si fermò davanti alla porta della stanza, e da come eravate saliti piano, senza parlare, cercando di non far rumore – ma le scale in quella casa erano di pietra –, s'era capito che entrambi non volevate che si fermasse. Avevi paura, volevi tornare giù, parlare per svegliarvi e riportarvi al buon senso, ma troppo ci avevi fantasticato sopra in tutti quegli anni e poi nelle settimane passate. Una volta dentro, non sapevi cosa fare. Allora non c'erano film dai quali imparare e neanche i libri che avevi letto ti avevano insegnato abbastanza. Né le tenerezze che c'erano state tanto tempo prima potevano aiutarti, perché questa era un'altra vita. E in tutti gli anni frammezzo c'erano stati soltanto gli affetti familiari e le carezze che avevi dato ai bambini di Virginia, con abbracci e baci; ma nient'altro.

Non sai più come hai fatto per spogliarti – la prima volta nella tua vita –, non sai se ti aiutò lui né niente. Avevi chiuso gli occhi per non vederti, nella stanza male illuminata, per non vedere una « signorina non più giovane », come si diceva allora di chi aveva passato i trenta, che apriva la cintura, si slacciava i bottoni del vestito, si toglieva le calze vergognandosi, in fretta, come fosse stato inverno quando ci si spoglia veloci buttando i vestiti sulla sedia per correre al caldo sotto le coperte. Oltre la sottoveste non ti riuscì di andare ma gli bastò.

Dopo ti colpì come a lui fosse sembrato tutto naturale, l'unica conclusione possibile di quei giochi a carte nella cucina; e mentre l'indomani ti pareva di arrossire ogni momento spiando mamma e Beppina casomai si fossero accorte di voi, attenta alla minima frase che potesse sottintendere qualcosa, egli se ne venne tranquillo, parlando con l'una e con l'altra come nulla fosse. Si lasciò servire il vino come ogni sera, con mamma parlò del tempo e della salute senza curarsi della sua evidente malagrazia; e a te non rivolse più parole del solito, né nuovi sorrisi o sguardi particolari. Dopo però ti seguì su in camera come se l'avesse sempre fatto, non prima che si fosse ripetuta la scena con Beppina che esitava ad andare a dormire. Saresti stata delusa se non fosse salito. Ma un poco ti offese la sua disinvoltura.

E divenne così normale, tutte le sere o quasi, al punto che non ti accorgevi più degli avvenimenti di fuori, e quando la guerra finì ti dispiacque perché si avvicinava il momento di tornare giù in casa, di lasciare la montagna e il dottore. Dei vostri traffici Beppina naturalmente si accorse, però non disse niente alla mamma e per fortuna neanche a te. Ma da come, dopo le prime volte, si alzava svelta dalla sua sedia per andarsene a dormire subito, avevi capito che sapeva. E anche il suo modo di trattarlo, con un poco più di rispetto del necessario, un po' più di distanza di quanta sarebbe sembrata naturale dopo tanta assiduità, ti confermò che Beppina era al corrente. Se lo amavi? L'agitazione che avevi dentro ti confondeva le idee e quell'attesa irresistibile che sentivi quando saliva le scale dietro di te non ti lasciava giudicare. Era la prima volta, dopo tanto tempo: qualcuno per te sola, che aveva pensieri per te. Che altro ti restava da fare se non innamorarti di lui?

CHE era sposato te lo disse dopo. Beppina e mamma già sapevano fin dall'inizio: la prima apposta, per riguardo, non aveva parlato, l'altra non aveva pensato che fosse necessario. Non ci furono più giochi di carte e quando lui qualche volta tentò di venire mandasti Beppina per farlo andare via. Ti scrisse una lettera bella, tenera, ma con parole cui non potevi credere, perciò non ci fu risposta. Del resto c'era altro da pensare, per fortuna. C'era da riprendere la vita interrotta due anni prima giù nella casa dove erano passati soldati, ma anche paesani nelle cui abitazioni furono trovati tappeti, sedie, cassettoni. Alla mamma il fatto fu tenuto nascosto perché il tradimento della sua buona gente non la ferisse. Infuriata e scandalizzata fu Beppina che aveva scoperto la roba nelle case del paese: mise in piedi liti colossali i cui rancori sono rimasti vivi per anni.

Qualcuno si era giustificato: « Ci avevano detto che buttavate via la roba », oppure: « È stato per salvare qualcosa dai soldati: non c'era nessuno e chiunque poteva entrare. Abbiamo pensato che i mobili fossero più sicuri da noi. Ve li avremmo dati subito, al vostro ritorno ». Ma Beppina li aveva trovati dopo alcune settimane, un tavolo dopo sei mesi, per caso. Era disfatto il giardino, selvatiche le campagne con le viti dai rami cresciuti a dismisura, pergole chiuse come capanne per il folto dei pampini, filari sotto cui si passava al buio. Terra dura ovunque, erbe matte, a non finire. In giardino il prato era alto al ginocchio e nell'orto le insalate, quelle poche sopravvissute alle incursioni, cresciute a più piani, con fusto legnoso come un cespuglio. Marcite quasi tutte le piante di fragole. Zucchine smisurate, che se le spaccavi suonavano cave, fagiolini spariti, pomodori morti, siepi più alte di te. Disordinati gli alberi, con getti selvatici intorno ai tronchi, le rose senza quasi più fiori, immensi il gelsomino, i lillà e le forsizie che crescendo senza guida avevano invaso prati e stradine cambiando la geografia del vecchio giardino.

Però c'era odore buono, di erba e di tiglio, con fondo di rose, e il sole scaldava i colori. Molto ronzio d'insetti, pieni di api gli alberi e, miracolosamente, c'erano merli, passeri, rondini che negli anni della fame erano riusciti a salvarsi dagli uccellatori. Camminavi aspirando quegli odori, il verde intanto ti consolava. Avresti voluto che il giardino rimanesse così, senza più tormentarlo con falci e rastrelli, cesoie e zappe, libero, senza regole. Tuttavia mamma si mise ad addomesticarlo di nuovo, dando ordini a Beppina e mettendo mano lei stessa. Dopo alcuni giorni c'erano mucchi di rami tagliati dappertutto e cumuli di erbacce strappate, che diventavano opache e mosce sotto il sole caldo. Già non era più il giardino nel quale ti era piaciuto perderti.

Finiti i lavori in casa e fuori, accomodati i vuoti lasciati dai mobili spariti spostandone un poco qualche altro o imbrogliando con una seggiola, una tenda, un paravento, arrivò Virginia, diversa da come era partita, ma in fondo uguale. Tullio era morto, non di guerra bensì di malattia. Non aveva ereditato granché e perciò era meno splendente, meno sovrana, come se la preoccupazione – più che il lutto – avesse incrinato qualcosa. Non che fosse sciupata, ma forse il vestito non era stato stirato benissimo, il trucco messo senza la solita cura meticolosa, la pettinatura accomodata in fretta. Come se il vento le avesse soffiato contro. Non era cambiato invece quel suo modo di considerare gli altri di nessuna importanza, indifferente a tutti se non a sé. Mamma si agitava per lei, si rompeva la testa cercando di trovarle sistemazione: « Sì, in questa casa, va bene, ma Virginia è abituata meglio, ha bisogno di spazio e qui è tutto ridotto così male dopo questa guerra! Bisognerebbe rifare le tende per lei e far lamare il pavimento! » « E se verranno i figli, dove sistemarli in modo conveniente? »

Affannosamente inseguiva Virginia in casa e in giardino, sempre temendo che se ne andasse di nuovo la figlia più amata. « Ha tanto bisogno di noi », ripeteva. « È la più debole tra voi due. » Più debole Virginia. Anche quando – papà già magro e vecchio, qualche mese prima di morire – lei aveva preteso il canapè che stava in corridoio, dove egli amava sedersi ogni tanto, verso sera, senza luci accese perché era contro gli sprechi, a indugiare in silenzio; e chi prendeva il corridoio sobbalzava a trovarselo seduto fermo nella penombra, a pensare cose che non diceva. Tua sorella voleva quel rigido divano con la stoffa gialla per qualche sua stanza di Verona.

« A Tullio piace tanto e qui non serve a niente, sta nascosto in corridoio dove nessuno lo vede, si potrebbe sostituirlo con un altro, anche più comodo. » Papà nicchiava, sordo davvero o fingendo di non sentire, e Virginia aveva alzato la voce: « Cosa ve ne fate di tutti questi mobili? E poi Clara qui se li gode tutti, mentre io ho ricevuto da voi soltanto un armadio, la scrivania e un po' di sedie! » Papà aveva cercato di salvarsi: « Non voglio fare ingiustizie, non mi ricordo più quello che hai avuto, ci devo pensare ».

Rabbiosa, Virginia si era messa a gridare contro la sua avarizia, difettaccio orrido in un vecchio vicino ad andarsene: egli era uscito dalla stanza, in fretta se avesse potuto, ma ormai era lento nei movimenti, e curvo. Ti fece pena, vedendolo scappare davanti a tua sorella. Quando fu sotterra Virginia si portò via non soltanto il canapè ma tutto quello che riuscì a far entrare nella residenza di Verona.

« Devo pensare ai miei figli », aveva risposto a una tua frase sul fatto che la casa avrebbe dovuto rimanere com'era. Anche allora avevate imbrogliato per nascondere i buchi lasciati dai mobili portati via, sostituendoli con cose di soffitta, e poco dopo già non ricordavi più che un tempo era stato diverso. Solo il canapè giallo ti mancò per molti anni e ti dispiaceva pensare che invano tuo padre avrebbe cercato il posto dove sedersi di sera in corridoio, se mai si fosse aggirato inquieto per la casa.

I mobili partiti per Verona finirono venduti; dei parenti ne videro qualche pezzo dietro le vetrine di un antiquario: fu dopo la morte di Tullio quando Virginia ebbe bisogno di soldi. A te vendette metà della casa che il testamento di tuo padre aveva lasciato a tutte e due « confidando nel buon accordo delle mie figliole Virginia e Clara ». Per pagarla fosti costretta a dar via un pezzo di campagna e non ti rimase più un soldo; da allora praticamente non usciste più dalle economie, sempre sull'orlo di trasformarsi in ristrettezze. Tua sorella spese tutto, in fretta, e tua madre di nascosto continuava a darle qualcosa, qualche soldo suo, gioielli, oggetti o piccoli quadri che lei potesse vendere senza che tu te ne accorgessi.

Spendeva per sé, per i suoi vestiti sempre nuovi, sempre alla moda, che riempivano già quattro o cinque armadi, e non passava settimana senza che si comprasse qualcosa o andasse dalla sarta, quasi che gli abiti l'appagassero di qualche sua infelicità.

Spese talmente tanto, tua sorella, che cominciò a pressarti perché vendessi casa e campi, come se già non ti avesse ceduto la sua parte. E visto che almeno su questo neppure mamma le diede ragione, continuò per anni a chiederti soldi e soldi, per avergliene tu dati infinitamente troppo pochi al momento di comprare la quota di casa. Hai pagato quasi a ogni richiesta, finché non ci fu più niente. Sui mobili, sui quadri, sui tappeti, quelli che non avevano portato via appena morto tuo padre, rimanesti dura. Ne aveva già presi tanti nella confusione del dolore, del funerale, delle condoglianze, nel disordine di quelle prime settimane quando eravate ancora occupate a rassettare gli armadi del morto, regalare le sue scarpe e i vestiti, archiviare gli oggetti, i libri, le lettere, le cose accumulate nel corso di una vita. Con il pretesto di restauri che andavano fatti in città aveva portato via alcuni quadri, la cui assenza lasciò macchie chiare sulle pareti. Perfino la mamma gliene chiese notizia. « Non sono ancora pronti », rispondeva ogni volta. « È un lavoro lungo », ma indietro non tornarono mai.

Ti aggrappasti a quello che era rimasto, attenta a che nulla venisse spostato o d'improvviso sparisse. E sì che c'erano cose inutili e anche brutte, ma non volevi saperne di togliere più nulla.

Combattesti per i tuoi mobili come fossero state persone, come se avessi avuto figli cui lasciarli. Anni dopo ti è dispiaciuto; ti dispiace anche ora di essere stata come una vecchia avara, allora che tanto vecchia ancora non eri. Mamma fu contenta quando Virginia tornò a stabilirsi da voi, e anche tu, perché tua sorella portava sempre aria nuova e allegria, quand'era di buon umore e non aveva da pensare ai soldi. Era bella ancora, solo più maestosa di un tempo e, da quando stava in casa, di nuovo curata, perfetta nei vestiti. Truccata fin dalla mattina, mai con scarpe basse, sempre con tacchi e profumata dappertutto, specialmente sui capelli che lasciavano una scia quando passava. Come se ci fosse un uomo in casa, o come se ne dovesse arrivare uno da un momento all'altro.

A FORZA di essere pronta, un uomo venne infatti, da un momento all'altro: il tuo dottore, che trovò te con una vecchia gonna e scarpe pesanti mentre rastrellavi le foglie secche in giardino. Ecco, l'hai detto, e già la frase scivola via come se niente fosse, una frase fra tante, una parola tra mille: venne il dottore. In realtà fu uno scossone sui ricordi appena addormentati, sui pensieri a fatica imprigionati. Sette, otto, nove mesi di silenzio: ti eri proibita di contare. Ti stordì il suo arrivo come quando una persona si sveglia in piena notte e si sforza di darsi contegno. La prima cosa che ti disse, o la seconda, dopo i convenevoli del ritrovamento, fu che non stava più con la moglie. « Non per causa tua, è la guerra che ci ha scombinato la vita; già prima di conoscerti non andavamo bene. »

Fu difficile ritrovare le parole, riallacciare il discorso, districarsi nella conversazione che andava avanti stentata, come tra due che tastavano il terreno. Avevi considerato chiusa la vicenda, seppellito il ricordo, e sembrò dunque impossibile capirsi di nuovo, intendersi come l'anno prima, né eri sicura di volerlo. Fu invece facile dopo la prima carezza, e subito ti ridivenne familiare con le sue mani morbide, il suo odore, il sapore della sua bocca.

« Venga che le mostro la casa », gli avevi detto quasi subito, la frase più ovvia e più semplice, tornando al lei dei primi tempi in montagna. In camera tua ritrovasti i gesti di allora né ti diede tempo di aver vergogna o di rinnovare il rancore per quei mesi trascorsi in silenzio. E l'idea di stare con lui nel letto di ragazza – stretto anche questo poiché di grandi, in casa, non ce n'era neppure uno – ti fece tremare. Fu come vendicarsi di tutti gli anni di solitudine passati a far la figlia di famiglia, lucidare, custodire, rastrellare il giardino e potare le rose. Sempre devota, con Messe, rosari e processioni, in buoni rapporti con il parroco, con le suore del convento, con le pie donne del paese.

Più che passione per il dottore fu la voglia di profanare la casa, la tua stanza, far sapere a mamma, a Beppina, a Virginia che non eri sempre e solo la prudente Clara, la giudiziosa Clara, Clara la buona figlia, passata ormai oltre gli anni pericolosi, oltre la foga e i tormenti della giovinezza. Per questo apposta non avevi chiuso a chiave la porta, terrorizzata ma quasi desiderosa che qualcuno venisse a cercarti. Gli dicevi di parlare piano ma intanto parlavi forte, e orribilmente scricchiolava il letto, costruito per dormire fermi sotto le coperte senza muoversi fino al mattino, e sembrava che anche il pavimento di legno, abituato a piccoli passi leggeri e discreti, avesse i brividi.

Era quasi buio quando ricompariste, rivestiti e pettinati, anche troppo per essere di pomeriggio. E sul viso, sul tuo, restava un colore insolito, che non avevi se non in piena estate al ritorno da una gita, con guance calde fino alle tempie. Se la mamma e Beppina non fecero caso, limitandosi tua madre a domandare distratta: « Le è piaciuta la nostra casa, dottore? Clara le ha fatto vedere le peonie bianche che stanno per aprirsi? », Virginia fece caso. Lanciò un'occhiata mostrando di sapere, e da allora fu come se avesse maggior rispetto per te, quasi ammirazione ti sembrò, e il dottore – che al suo arrivo aveva trattato come un sottoposto poco interessante – meritò all'improvviso la sua attenzione. Fu premurosa con te e spiritosa con lui.

Ricominciò a venire il dottore, una volta la settimana, non di più, perché stavolta non arrivava da tre case più in là, ma da Milano con il treno. C'era ogni volta il rito clandestino nella tua camera, di pomeriggio; più tardi, quando cominciò a dormire in casa vostra, ci fu anche la sua camera, quella degli ospiti, dove al buio scappavi in camicia. Ti parlò di andare a vivere da lui a Milano, disse che non avevate più l'età per fare i fidanzati. Cambiasti discorso, volevi restare così, senza dover decidere. Soprattutto non dover spiegare niente alla mamma, e a Beppina.

Non ti sapevi immaginare in città con i tuoi usi rustici, i tuoi vestiti di campagna, le mani con le unghie corte. Cosa avresti fatto in un appartamento di due, tre, quattro stanze e una cucina dopo aver passato una vita nelle venti o venticinque di casa vostra? Come avresti passato il tempo? Preparandogli da mangiare e spolverando i mobili, con qualche libro da leggere nell'attesa che tornasse dall'ospedale? Passeggiate? E come farle, con quelle automobili in strada? Ci sarebbero stati i musei da vedere, ma per una settimana, un mese, due, non per una vita. Ci sarebbe stato da dormire insieme sempre, a ricompensa di tutte le notti passate da sola: il pensiero era lì a tentarti. Quando lui era con te ti dicevi che saresti andata, che solo quello volevi.

Ma poi, venuto il giorno, ripartito il dottore, tornavano i fantasmi di casa, le parole della mamma, la presenza di Beppina, i discorsi di papà di cui i muri e le stanze parevano impregnati. Tornavano a legarti, questi fantasmi, e ti sembrava impossibile liberarti di loro, iniziare una vita diversa. Di nuovo cercavi di immaginarti dentro la città, tu da sola con un uomo, e ti pareva di non essere più adatta. Vent'anni prima ne saresti stata capace, tutto avresti fatto e imparato, ma ora non più, e l'oblio delle notti non ti avrebbe consolata del malessere e dello spaesamento dei giorni.

Avresti dovuto conoscere i suoi amici, la sua famiglia: ti saresti abituata agli usi diversi, al parlare sempre italiano? Il dottore aveva modi suoi, mangiava come chi fosse sempre affamato, era senza attenzioni nel vestire. Sì, aveva qualcosa per cui te ne dimenticavi, ma come sarebbe stato a casa sua?

Forse come quando andavi a trovare i contadini nelle loro cucine con odore di minestra, a sentir parlare di malattie, di artriti, di dolori? Oppure di bambini, e tu che non ne avevi rispondevi con banalità. Per metterti in pari accennavi a qualche guaio, tuo o di mamma, t'inventavi qualche contrarietà per non sentirti l'unica in buona condizione. Volevano che ti mettessi comoda, che comandassi da bere, caffè o caffellatte, e vedendo che rifiutavi ogni cosa – perché caffè e caffellatte non ti erano mai andati giù, né avevi il coraggio di chiedere tè, che temevi non avessero – ti ritrovavi con un bicchierino di grappa. Astemia, lo tenevi in mano fingendo di bere sino alla fine della visita, poi, costretta, lo buttavi giù d'un fiato bruciandoti la gola.

Sarebbe stato così a casa del dottore? Avresti dovuto fingerti un'altra, mostrare di non essere abituata in altro modo, cercare di assomigliargli? Parlare di malattie con sua madre, sua sorella? Non eri neppure sicura se esistevano una madre e una sorella. Parlavi sempre tu, di te, della tua casa, della tua famiglia, dei tuoi posti. Lui non aveva avuto molto tempo per raccontarti di sé.

Insopportabile devi essere stata a quell'epoca, preoccupata solo di te come chi è stato infelice per tanto tempo, egoista come sanno essere le persone solitarie. Oggi sai che le donne sfortunate, quando poi arrivano giorni buoni, sono convinte di averne più diritto degli altri, arraffano invadenti, senza riguardi, mentre nell'infelicità erano state premurose, attente, sempre pronte ad ascoltare.

« Non posso lasciare mamma », dicevi al dottore.

« Ma c'è Virginia », rispondeva.

« Quella va e viene, non c'è da fidarsi. »

« C'è anche Beppina. »

« Non è la stessa cosa. »

Era per mamma e Beppina che non volevi partire, ma altri pensieri ancora ti trattenevano, tant'è vero che al momento buono di loro due non ti curasti. C'era la casa. Respiravi profondo il sentore di vecchio e di cera, di legno e di giardino, di un poco d'umidità sulle scale, di un poco di canfora nel salotto con i tappeti. Aspettavi i rumori del legno sempre in movimento, del passero o della rondine saltellante sulla grondaia, della goccia di qualche rubinetto impossibile da chiudere del tutto; di un tintinnare di piatti o posate rigovernate lontano in cucina. E poi fuori l'acqua della fontanella uguale, notte e giorno, le foglie degli alberi l'una contro l'altra, un cane che abbaiava sempre, ma forse erano due o tre alternati, e infine l'aria, che faceva un rumore fisso, come uno scroscio costante, quasi un ululato sommesso che si avvertiva solo quando saliva dalla strada una voce per interromperlo: un brandello di parola, una risata di vecchia, un richiamo acuto all'indirizzo di un bambino.

Anche i mobili guardavi come fossero stati pezzi della tua vita, i mobili con i quali per anni eri vissuta senza accorgerti di loro, abituata alle sagome e indifferente alla posizione. Né eri riuscita a partecipare alle cure che tuo padre prestava loro, subito con lo straccio se appena vedeva una goccia caduta da un vaso o da un bicchiere. Arrivava con la cera per lucidare lamentandosi del personale che non sapeva fare. Li accarezzava come se fossero stati vivi, passandovi sopra la mano leggera, pronto con colla e vernice se si staccava qualche pezzetto di decorazione. Premuroso della loro sorte, come fossero stati figli.

Piano piano eri diventata come tuo padre, proteggendo i mobili prima dagli assalti di Virginia, che avrebbe voluto venderli, e curandoli poi, come si fa con un animale di casa, osservando ogni minima screpolatura, spalmandoli di cera con la stessa ansia con la quale la sera ti stendevi la crema sulla pelle secca. Un po' alla volta Beppina aveva smesso di occuparsene, visto che ci pensavi tu con molto maggiore impegno. Lo stesso per i quadri, le stampe, gli acquerelli, i ritratti che riempivano le pareti, come finestre su mondi e persone passate, che quasi mai avevi conosciuto e tuttavia scrutavi per coglierne l'anima. I vecchi e le vecchie, le famiglie e i bambini ritratti erano diventati i tuoi compagni. Li conosci a uno a uno e quasi ti stupisce che non cambino espressione, la fanciulla vestita di rosa e il grassone con la giacca scura, il musicista elegante e un po' strabico, la matrona tutta pizzi e i piccoli riccioluti tra i quali non si distinguono i maschi dalle femmine.

Ti chiedi cos'hanno visto, se era bello o infelice il loro mondo, se sanno di te, se ti vedono. Di alcuni di loro nella cassapanca del giroscale ci sono i vestiti, gli stessi che hanno messo per i ritratti, la giacca scura dell'omone grasso, la veste azzurra della corrucciata matrona, i pantaloncini di seta al ginocchio di quei bambini né maschi né femmine, e qualche loro giacchetta, piccola e stretta che pare di bambola. Hai trovato anche guanti e calze, fini, con monogramma ricamato e qualche rammendo così delicato da sembrare un ornamento.

Un tempo hai provato a metterle, perché calze così non si trovano più, e confrontandole con quelle brutte e spesse color nocciola che portavi tu hai potuto osservare la decadenza della tua famiglia. Comunque si ruppero subito, la prima sera avevano già un buco nel tallone: le buttasti di nascosto, perché mamma non venisse a saperlo.

Oggi custodisci ogni cosa come una vecchia avara. Vivi come in un santuario e tu e Beppina celebrate le vostre cerimonie di conservazione: tu perché non sai fare altro, perché ti fa sentire meno sola, circondata da tutto quel passato; Beppina perché « alla signorina piace così ». È così che dice, l'hai sentita un giorno mentre zittiva sua nipote che la prendeva in giro per il suo forsennato pulire vecchie pentole che da un pezzo si sarebbero dovute sostituire con roba più moderna, che affaticasse meno, come appunto consigliava la nipote.

ALLA fine comunque hai ceduto al dottore e sei andata da lui. In giornata la prima volta, con più viaggio che soggiorno, per non dover giustificare con mamma una notte fuori casa.

« Vado in città domattina », avevi detto, « cerco libri e una stoffa; tornerò tardi. »

« Verrai per cena », affermò tua madre, già in allarme, pronta però a lasciarsi rassicurare che non avresti mancato il pasto, punto fermo, garanzia di normalità.

« Non aspettarmi. » Ma ti aspettò, sveglia oltre le undici senza aver mangiato, con sul tavolo le fondine piene di minestra coperte con un piatto per tener caldo il brodo. La mamma fu come sempre, come se davvero avesse creduto al tuo viaggio per stoffe e libri, ti parlò gaia di questo e di quello, ma ti fu di rimprovero quella minestra diventata fredda.

Tornasti via ancora, due giorni, poi tre, mai di più, perché dopo un poco non sopportavi l'estraniamento in quella casa di città: volevi rivedere la tua, riprendere il tuo posto fra le tue cose, come un mobile, un soprammobile o un quadro che fosse stato spostato, tolto dalla sua stanza e collocato male altrove. Dopo le prime volte in cui avevi dato risposte vaghe, mamma e Beppina non ti chiesero più niente. Andavi, restavi poco, tornavi, e dopo qualche tempo di nuovo smaniavi per ripartire. Andavi infelice pensando che non era quella la tua vita, che così non te l'eri immaginata, infelice anche per quello che lasciavi dietro, la casa sempre più abitata da fantasmi, con l'ombra di tuo padre cui quei viaggi non sarebbero piaciuti, con tua madre ritornata timida come una bambina, spaesata da ogni cambiamento, che ti guardava come se fossi stata tu sua madre. Insopportabile sentimento per te che non eri mai diventata adulta, che per tutta la vita avevi aspettato come una fanciulla che la vera vita cominciasse.

Andavi con il cuore pesante, ma di rinunciare a quei viaggi non era più questione. Cercavi di prendere un treno di mattina per non dover vedere al finestrino la casa nel buio della sera, per non farti sopraffare dal pensiero che presto sarebbe rimasta vuota, con te sola dentro, e poi più niente. Partivi di mattina quando Beppina era indaffarata, la mamma vivace al tavolo della prima colazione – il pasto che lei preferiva per via del pane fresco che profumava la stanza –, Virginia a letto, per molte ore ancora: eri dunque al riparo dalle sue domande, dalle sue richieste, « Portami questo e quest'altro », dal suo minacciare, « Un giorno o l'altro verrò con te ».

Giungendo in città la prima volta t'accorgesti che con i tuoi vestiti e con la tua valigia, valigia di stoffa che da anni usavi tranquilla, sembravi venuta da un altro mondo: o forse non te ne accorgesti ma il dottore te lo fece notare, rassicurandoti subito che era per questo che ti voleva. Mettesti via la valigia e un poco alla volta anche i vestiti per assomigliare il più possibile alle donne che vedevi là. Cosa che lui ti rimproverò, perché ti aveva conosciuta diversa e tale voleva conservarti. Ma a te non andava di essere pezzo da collezione, rarità in via d'estinzione, da mostrare eventualmente a qualche intenditore. Cercavi di cambiare in fretta ogni cosa, le scarpe, il cappotto, la pettinatura, però sentivi di essere ormai rigida, incapace di trasformarti davvero. Guardandoti allo specchio ti pareva comunque di somigliare a Virginia, la sorella che avevi cercato di imitare tutta la vita e, non essendoci riuscita, avevi poi cominciato a dipingere di scuro.

Di queste cose con il dottore non parlavi, non gli sarebbe piaciuto ascoltarle, né avrebbe avuto il tempo. A lui bastava che tu venissi, che ci fossi, che ti muovessi nelle sue stanze, che abitassi la sua casa, e il suo letto la sera. Per questo tornavi sempre; per questo, dopo una settimana in famiglia, di nuovo t'inventavi qualche pretesto per poterti rimettere in viaggio. Sopravvivevi lontano finché avevi un ricordo – un ricordo di quelle sere – da sbocconcellare; finché avevi un gesto, una carezza, anche una parola da ripensare fino all'esasperazione, fino a che non fosse stata consumata del tutto. Ripartivi quando non ti era rimasto più nulla e avevi urgenza di rinnovare i baci, le tenerezze, le cose dell'amore.

Lui non voleva capire che dopo tre giorni tu avessi sempre voglia di scappare, s'arrabbiava, ti pregava, ma tu partivi lo stesso. Dal treno ancora lontano vedevi avvicinarsi la casa con gli alberi intorno, pregustavi il suo fresco d'estate e le sue stanze calde d'inverno; potevi essere tu di nuovo, non quell'altra vestita da città che saliva intimidita le scale del dottore sotto lo sguardo curioso della portinaia. Potevi di nuovo trovare a occhi chiusi le tue cose, muoverti senza fingere, riprendere le tue abitudini. Già era dimenticata quell'altra che titubante girava nell'appartamento di città evitando cassetti e armadi, scrittoi e ripiani per non imbattersi in qualche brandello di vita precedente del padrone di casa: una foto del matrimonio, una lettera della moglie, un suo libro, un suo biglietto. Come un attore che aveva sbagliato scena ti sedevi esitante ora qua ora là, leggevi senza concentrarti, preparavi qualcosa da mangiare con la mano incerta di chi sta al fornello di una cucina estranea.

Certo non dimenticavi quelle altre ore, quando lui tornava e ti faceva scordare la giornata solitaria, quando ti spogliava e tu eri contenta di avere ancora la tua figura di ragazza, non sciupata da niente e da nessuno; certo, un po' più grassa di quando avevi diciott'anni, ma era bene così, lo capivi da come ti guardava. Non eri più tu allora, la Clara che eri sempre stata, con tutte le idee di casa e famiglia, sparite mamma, Virginia e Beppina, sparite l'ombra di tuo padre e l'eco delle sue parole, spariti anche quel tuo spaesamento, il disagio di essere con qualcuno diverso da te. Di quegli attimi approfittavi per essere nessuno, senza nome né memoria, libertà attesa a lungo ma subito perduta. Riemergevi e di nuovo ti ritrovavi fuori posto, già cercando nel pensiero le parole giuste per spiegargli che volevi tornare via.

Si risentiva: « Non mi ami ».

« Ma sì, tanto è vero che sono qui. »

« Resta. Non tre giorni: un mese, due. »

« Non posso lasciare le mie donne. »

« Scappi sempre: le vacanze le farai con me? »

« Forse sì. »

E già sapevi che no, poiché le vacanze, da quando eri nata, con rare interruzioni, le facevi dai parenti in Austria. Prima con tutta la famiglia, adesso con la mamma soltanto, perché Virginia, sebbene tornata in famiglia, di quella vacanza noiosa non voleva saperne, preferiva il mare. Per far contento il dottore quell'estate le avevi chiesto di accompagnare mamma dai parenti al posto tuo. « Purtroppo non posso », fu la sua risposta.

Avevi pensato anche alla possibilità di mandare Beppina, ormai diventata una specie di terza figlia, anche più paziente di voi due e più sottomessa. Carezzasti l'idea di partire con il dottore, passare i giorni insieme, non solo le sere, essere nessuno a lungo, per tre o quattro settimane non ricordare niente, né delle storie sue né delle tue. Prolungare all'infinito quell'oblio che ti permetteva di essere come altre, come Virginia. Non vergognandoti più di quasi niente, che gli altri anzi sapessero e vi guardassero.

Che tentazione dirgli: « Parto con te », e quante sere ti sei immaginata di farlo sul serio, figurandoti tutti quei giorni, uno per uno.

Beppina, dopotutto, sarebbe andata volentieri con la mamma, un riposo quasi per lei invece delle solite vacanze in montagna, con il fieno da fare nei prati dei parenti, da dove tornava bella scura in faccia e sulle braccia ma stanca forse più che nel resto dell'anno. Lasciasti invece passare l'occasione, senza neppure riconoscerla.

Gli dicesti di no: « Non posso mandare mamma in vacanza con Beppina; ha due figlie e non è giusto che parta con la domestica ».

« E Virginia? »

« Sono anni che non va e non va neanche stavolta. »

In cambio venne lui a M. per qualche giorno ed era quella la vita che avevi in mente: essere tutti insieme nella tua casa, tra le tue cose, nei posti di cui conoscevi il profilo, il gusto, l'odore. Tenere il tuo dottore al sicuro sul terreno tuo, dove potevi essere te stessa, tranquilla, forte, forse attraente, non la timida scorbutica e insicura che diventavi quando andavi da lui in città. Ridevi di più, eri allegra, era un gioco averlo con te quando le altre sapevano e non sapevano.

Anche le altre erano contente che fosse lì, indaffarate attorno all'ospite, a parlare con lui, a interessarsi di lui. Beppina diceva: « Finalmente di nuovo un uomo in casa, bisognerebbe che restasse », ed era quella che più si dava da fare, concedendogli certi vizi che non avrebbe consentito a nessuna di voi. Come il caffè portato la mattina in camera o l'asciugamano grande scaldato vicino al fuoco per l'ora del bagno, o la tisana di tiglio la sera sul comodino, come solo con vostro padre aveva fatto.

Mamma aveva perso la vecchia rigidezza nei suoi confronti, proprio ora che avrebbe dovuto averla maggiore. E invece andava a dormire quasi subito dopo cena, forse per non rischiare di sorprendere i vostri movimenti. Virginia anche era amabile – perfino con te –, affascinante e chiacchierina, da ingelosirti quasi, ma non sul serio, perché eri sicura. Ti superava nelle attenzioni precedendoti con piccoli gesti: il giornale pronto ogni mattina sul tavolo del salotto, un bicchiere di vino bianco ogni tanto.

Non ci fu notte che lo lasciassi dormire molto – oppure fu lui? – e se dopo un poco non sentivi i suoi passi, eri tu che andavi. I baci dovevano scontare gli eterni giorni di niente, i mesi e le settimane passati tanto per passare. E solo dopo due, tre ore trovavi pace e vi era infine permesso di dormire.

ERA partito dunque il dottore, dopo quei giorni belli, coccolato da voi donne. Anche Virginia partì per qualche mare con degli amici. Poi vi metteste in viaggio tu e mamma, e non fu una brutta vacanza. Con diversi occhi rivedesti i posti che conoscevi da quarant'anni e vi trovasti nuova bellezza, nuovi incanti. « Devo mostrare al dottore questo e quello, gli piaceranno i villaggi e le chiese barocche, la pace dei boschi, e anche i cibi di qua », pensavi, e ogni cosa cercavi di rivederla con gli occhi suoi. Te lo figuravi con te, e tutti i parenti ti trovavano bene, « mai così in forma, più giovane d'un tempo, più elegante anche ».

I complimenti ti mettevano di buon umore, muovendoti dentro soltanto una certa ansia, di rivederlo presto, di dirgli cose che avevi pensato e deciso: che saresti andata a stare con lui.

Ti pareva urgente parlargli, ma per lettera esitavi a farlo perché non volevi privarti dell'effetto che avrebbe avuto su di lui. E immaginavi che si sarebbe disteso il suo bel volto, non proprio un sorriso ma qualcosa di più. « Bene », avrebbe detto, « sono contento »; o anche: « È una buona idea », e basta. Oppure non avrebbe detto niente, solo dagli occhi avresti capito che era contento.

Telefonare di lì non si poteva, c'era solo un apparecchio alla posta, e poi, dove trovarlo, e come dirgli quelle cose dentro una cornetta? Contavi i giorni ma insieme li assaporavi, contenta che passassero piano, in modo da avere il tempo di costruire e ricostruire la scena, e rivederla, domandandoti perché non eri riuscita a prendere prima l'unica decisione buona. Fu l'estate più bella di tutte quelle che avevi passato negli ultimi anni, fatta eccezione per quella di guerra, in montagna dove l'avevi conosciuto. In cambio della serenità fosti paziente e affabile con mamma che si era messa a chiacchierare molto, raccontandoti cose che aveva già raccontato tre, quattro, sei volte. Ti irritava perché ricordavi quando non era così, quando ti assomigliava, silenziosa e attenta, timida.

L'idea era di portare il dottore a casa vostra dopo qualche tempo, qualche anno. Avrebbe potuto fare il suo mestiere anche a M., forse poteva mettersi a riposo, o fare altro. Sapevi che quel che era possibile in una grande città dove nessuno ti conosceva non era altrettanto facile nel vostro paese, con tutti intorno che ti avevano visto fin da piccola, che avrebbero chiacchierato, si sarebbero agitati. Avresti dovuto dare una spiegazione alla famiglia, forse il parroco si sarebbe immischiato. Avrebbe parlato della tradizione della vostra famiglia.

Le tradizioni. Che poi erano l'arte di nascondere le cose, di tacerle, di fare finta che non esistano. Per generazioni l'avete praticata facendo felici i parroci. Ma ogni cosa, là nell'estate, pareva sormontabile, a ogni questione avresti saputo rispondere. Ne parlasti con la mamma, per lasciare dietro la parte più difficile; e ti rispose come non ti saresti aspettata. Avevi immaginato parole di rimprovero, tono allarmato, scandalizzato. « Lo so », disse invece, « che non ne puoi più di stare in casa, che i tuoi anni li hai passati con me e con tuo padre. T'immagini adesso di volere quest'uomo perché vuoi cambiare vita. »

« Ma non è una cosa di adesso. »

« Lo so. Vi ho visti, vi ho sentiti, il resto me lo hanno raccontato. »

« E se lo amassi? »

« Amore », disse tua madre come se fosse stata tuo padre, con commiserazione, « alla tua età! E poi non va bene. Non è come noi e proprio per questo ti piace. Dice parole che noi non usiamo, lavora, probabilmente parla anche d'amore. Piace pure a Beppina: ecco, per lei sarebbe l'uomo giusto. Ma tu, di cosa parlerai con lui quando ti sarai abituata a tutte le novità, alle diversità, al suo fare diretto? Di medicina? Di politica? »

Non ci fu niente da rispondere e cambiasti discorso per cancellare in fretta quella conversazione. La mamma ti seguì subito, ansiosa anche lei di dimenticare la confidenza che c'era stata tra voi, troppa confidenza per i suoi gusti. Si parlò di rose, di una varietà screziata, che là veniva bene, così difficile invece da far crescere nel giardino di casa. Forse la temperatura, forse il terreno diverso, più ferroso, favorivano quella fioritura eccezionale. Come non detto, come se aveste trattato di fiori tutta la mattina; poi vennero altri argomenti appassionanti, come quella torta di mandorle, un po' secca se non fosse stato per la marmellata di prugne, da spalmare in mezzo. O anche la possibilità di una gita tra qualche giorno, giù al fiume, dove fare il bagno prima del picnic. Ma rimase tra voi quell'ombra, il ricordo di quella conversazione, la prima dopo tanto tempo, forse l'unica in cui vi eravate dette cose vere.

Non ti fecero cambiare idea le parole di tua madre: che altro avrebbe potuto dire? Neppure adesso che eri sui quaranta, conservata bene, sì, più giovane anche dei tuoi anni, neppure adesso che ti aspettava solo un'esistenza solitaria, la mamma avrebbe accettato un « cattivo matrimonio ». Meglio la solitudine che un « estraneo » in casa, un uomo diverso, con altre idee, ricordi che si fermavano al massimo a una nonna e non andavano indietro per generazioni. Senza quello scorrere degli anni dietro le spalle, quasi rumoroso, testimoniato da ritratti, fotografie, lettere, documenti. Meglio il niente che l'alleanza con qualcuno di un'altra classe, sconosciuto, pericoloso forse, infettivo chissà.

Proibire? Non si proibiva niente, ma quel « Fai come

credi » era peggio di un divieto. Con Virginia non avevano fatto tante questioni, forse perché Tullio aveva mostrato di avere denaro, savoir faire, e poi che si poteva pretendere da una signora separata con due figli? E c'era anche il fatto che Virginia non si era mai lasciata dire niente.

Ma non rivangare, non rimuginare il passato perché dopotutto il momento di decidere non venne mai. Non fosti costretta a scegliere fra il dottore e i tuoi vecchi usi, fra il dottore e la mamma; ti fu dato di rimanere in pace, fedele a te, in ordine.

Ma hai paura di andare avanti, esiti, giri e rigiri senza arrivare alla fine di quelle vacanze, ancora non sei indurita abbastanza per rievocare tranquillamente ogni cosa. Ti trattieni in quell'estate di attesa, allunghi il ricordo, lo allarghi perché dopo non c'è più molto da raccontare, dopo ci fu solo la vita come era stata tracciata per te, da solitaria, attaccata alla casa e ai campi, dispettosa, un po' maniaca. Un'altra te, non quella che eri stata, malinconica ma sorridente, appassionata anche, e per questo eri piaciuta al dottore e a quell'altro che era venuto prima. Adesso indugi, torni sui tuoi passi, ma allora eri impaziente di rientrare per potergli dire infine: vengo.

Ti telefonò appena tornata e partisti quasi subito, appena fu decente, dopo aver disfatto e rifatto la valigia, dopo essere stata con Beppina, aver riaperto e arieggiato la casa, risistemato il giardino dove i settembrini erano esplosi, invadendo con il loro azzurro i filari delle rose. Hai chiare in mente le immagini di quella fine estate. Meloni erano cresciuti in vostra assenza sul cumulo della composta nell'orto, profumati e dolci, erano maturati i pomodori e anche le pere che a morderle gocciolavano sugo lungo il mento. In giardino c'era quel po' di selvatichezza che ti piaceva, con l'erba lunga, con i cespugli gonfi, con le aiuole come chiome un po' spettinate.

Com'erano belli i giardini di settembre, anche di quel settembre! Di ritorno dalla villeggiatura dove il mezzo agosto aveva già segnato l'inizio d'autunno, con pioggia e grigio, ritrovarsi qui ancora in estate, con profumi e odori come nel pieno della stagione, aveva il gusto di una promessa. Che qualcosa di bello doveva ancora venire, che i giorni spensierati non erano finiti. Come se quel giardino arruffato nascondesse una sorpresa. Ti sarebbe mancato almeno quanto la casa, Beppina e mamma.

Al telefono non dicesti niente, di nuovo non ti parve una cosa da comunicare dentro una cornetta. E per scaramanzia andasti con la solita valigetta dei tre giorni, per non fargli capire niente in stazione al tuo arrivo. E anche per non spaventare subito le tue donne che – mamma soprattutto – ti spiavano senza osare di chiederti nulla: sempre quell'autocontrollo che la cameriera aveva imparato dalla padrona, che vi avrebbe rese mute per mesi, non fosse stato per i discorsi sul tempo, sul cibo, sulla casa e sul giardino. L'autocontrollo dal quale volevi scappare, la cui lunga pratica ti aveva paralizzato, bloccato i gesti, tagliato le parole, mutilato i discorsi. La cui mancanza ti piaceva nel dottore perché lo faceva sembrare un ragazzo nonostante la mezza età raggiunta da un pezzo. Quell'autocontrollo che tuttavia non riusciva a immobilizzare i volti poiché partendo leggesti sulla faccia di mamma la paura di non vederti più. Viaggiasti con quell'espressione dentro: gli occhi agitati come di una bambina abbandonata, i gesti un po' frenetici che volevano nascondere l'ansia e trasformare quella partenza in una come le altre.

L'autocontrollo non ti permise di tranquillizzarla, di dirle una parola per spiegare che saresti tornata: cercavi di comportarti come sempre affinché tutto sembrasse come il solito e tua madre potesse consolarsi. Il dottore ti sembrò allegro ed espansivo più che mai, ma forse era solo la lunga assenza che ti aveva disabituata ai suoi modi esuberanti. Come una caramella nascosta in qualche tasca ti conservavi il discorso per il momento migliore. Intanto parlavi, chiedevi, raccontavi, con la voglia di dirglielo e non dirglielo. Il momento venne la sera tardi, quando ci fu silenzio, quando l'autocontrollo se ne fu andato ed eri sciolta e morbida dopo tante parole salite alla bocca in disordine, dopo gli abbracci, il ritrovarsi, la fretta, tanta che non avevi avuto neppure il tempo di aprire la valigia. Fu contento della tua decisione, ne sei sicura ancora adesso.

« Non ci speravo più », disse con la faccia bella.

« Ma dovrò ancora andare a casa, spesso. »

« Verrò anch'io. »

Ti addormentasti sopra il racconto delle sue vacanze solitarie, in montagna a marciare, con nostalgia di te. L'indomani quando se ne fu andato ci fu da mettere a posto la tua roba, disfare la valigia rimasta all'ingresso. Fin dalle prime volte che eri venuta, quel gesto di mettere i tuoi vestiti nell'armadio accanto ai suoi ti era sembrato simbolico: ti dava un senso di appartenenza che ti appagava per buona parte della giornata, un senso di intimità come fra moglie e marito. Due o tre grucce per te accanto alle sue giacche, era l'unica vera traccia di te in quella casa, l'unica cosa che concretamente ti legasse a lui. Nient'altro, né anelli, né regali, nessun pegno di lui.

Apristi tutto l'armadio, forse per mettere in ordine, forse solo per il piacere di spiare le sue cose, toccarle, sentire il suo odore, rievocarne il bel corpo forte che conoscevi bene. E là, dall'altra parte, dove non avresti visto se avessi aperto un'anta sola, appesa in uno spazio stretto tra l'ultimo vestito e il legno dell'armadio, c'era la vestaglia di Virginia e, in basso, le sue babbucce. Quelle nuove che aveva comprato per andare al mare: te le aveva mostrate.

Ti ci volle qualche minuto prima di capire e, benché

fossi rimasta a lungo davanti all'armadio aperto, non ti venne in mente alcun'altra idea che spiegasse la presenza di quei vestiti. Lasciasti l'armadio aperto perché lui capisse e riprendesti il treno. A Milano non tornasti mai più, salvo una volta, dieci o vent'anni fa, per ricomprare da un antiquario che ti era stato segnalato un quadro che Virginia tempo prima aveva voluto vendere. Eri vecchia ma attraversando la città, guardando case e strade, ti presero i ricordi. Il tassì passò nella sua zona e avresti voluto chiedere di prendere la via dove lui abitava, ma all'ultimo ti sembrò il capriccio di una zitella.

Fu triste il viaggio di ritorno con la valigetta mai disfatta. Volevi essere a casa, al sicuro, protetta dalle tue cose, nascosta tra le tue pareti per piangere, sputar fuori il veleno che ti si era accumulato; ma insieme avresti voluto che il viaggio durasse per non dover parlare con nessuno per molti giorni, neppure del tempo e dei fiori del giardino, per non dover ricomporti, mostrare la faccia serena, aggiustare il tono della voce, ritrovare l'umore di sempre. Ti andava bene l'anonimato di quel treno. A casa furono contente di vederti, solo leggermente sorprese per il tuo rientro più affrettato del solito, ma non dissero niente, non chiesero niente. Non fu facile mantenerti tranquilla, indifferente come avevi stabilito, quando il dottore venne a M. dopo aver telefonato alcune volte senza che avessi mai voluto andare all'apparecchio. Era depresso, e quasi ti commosse col suo parlare, promettere, deplorare, scusarsi in quel modo desolato, sincero. Alla fine ti scendevano le lacrime, e quasi anche a lui, infelici insieme come per un bel vaso, antico e prezioso, caduto per accidente, irrimediabilmente rotto.

Disse parole che nessuno aveva mai pronunciato per te.

« Dove andrò, cosa farò senza di te? »

Ma quelle pantofole, la vestaglia, lasciate lì come per un'abitudine o almeno con l'intenzione che essa si stabilisse, non ti permisero di tornare indietro, rimangiarti la decisione. È vero, ti tentò la possibilità di riprendere come prima, far finta che niente fosse stato: ma poi nó. Furono la rabbia, l'orgoglio, la dignità offesa a consigliarti, o non fu piuttosto la convinzione che dopo tutto quell'esistenza non era per te, che non avresti potuto star lontana dalla tua casa, dai tuoi posti? E dunque avevi colto l'occasione per chiudere con quell'altra vita che non ti stava giusta, come un vestito, bello ed elegante, ma cucito per un'altra persona? Ancora oggi non sai rispondere, non vuoi rispondere.

Lettere ne arrivarono ancora, per mesi, per anni, dapprima malinconiche – e tu rispondevi di tanto in tanto con altrettanta malinconia –, poi rassegnate, infine come di un vecchio amico con il quale c'era stato qualche cosa ma nessuno ricordava più che cosa. Smettesti di rispondere e anche lui poi tacque.

Tua sorella non la rivedesti per qualche mese: meglio così, e il risentimento ebbe tempo di ricomporsi. Quando venne, l'autocontrollo si era ristabilito e tra voi non cadde una parola. Come se niente fosse stato, e di nuovo, qualche tempo dopo, ti capitò di vederla una mattina con indosso quella vestaglia, segno che almeno una volta era tornata là, se non altro per riprendere le sue cose: l'abitudine si era interrotta o non si era mai stabilita.

Un altro giorno ti disse: « Peccato che non vediamo più quel tuo dottore; era piacevole e quando avevo bisogno era anche così gentile da visitarmi. Ho un piccolo male qui che avrei voluto fargli vedere ».

Dunque era andata così? Lo aveva cercato quell'estate per qualche suo dolore o non c'era neppure stato bisogno di fingere un pretesto? Cosa dirle senza sembrare gelosa, invidiosa, sconfitta, rabbiosa, impotente? Meglio tacere, fingere il nulla: tua nonna usava ripetere che da un dolore si guarisce meglio se non se ne parla tanto. Oggi è una regola che non vale, ma un tempo era diffusa.

DOPO ci furono soltanto i matrimoni, i divorzi e le morti. Si sposarono i nipoti ma adesso uno solo è ancora con la prima moglie, gli altri sono alla seconda o alla terza, non ricordi bene. Per uno ci sono anche state difficoltà di lavoro, ma anche di questo non sei stata informata bene: da Beppina – chissà dove va a sentire queste cose – hai saputo di un ammanco nell'ufficio dove lavorava e di denaro perduto al gioco. Da Virginia hai appreso un'altra versione, di qualche ingiustizia sul posto di lavoro, invidie, gelosie di colleghi. Fu a quell'epoca che di nuovo lei tornò alla carica per vendere i campi, la casa, o almeno qualche mobile. Qualcosa hai dato perché era per quel figlio che avrebbe potuto essere tuo, ma non quanto chiedeva Virginia. Del resto, qualche anno dopo la situazione si fece di nuovo precaria per lui e dunque continuò a vivere a carico di tua sorella, cioè a carico tuo. Poi trovò un'amica – più vecchia di lui – assai ricca, che ancora lo tiene perché è un seduttore.

Ah, se ripensi alle speranze che tua madre aveva per quei tre bambini. Belli erano, biondi come la loro mamma, la quale – anche lei – si aspettava grandissime cose per loro. Carriera e matrimoni. Invece uno sarebbe un ladro se non fosse stato salvato due o tre volte da voi; l'altro è un uomo mediocre, un po' grasso, di mezza età, vessato da quell'unica moglie, preoccupato principalmente della sua salute, con cento pillole da prendere di continuo per immaginari malesseri. Non ha fatto niente di male, è un brav'uomo, anche assai pio, ma rispetto ai sogni! Senza gusto, si veste come i pensionati stranieri che in estate scendono dai pullman sul lago. Non sa, né se ne è mai interessato, chi e che cosa raffigurano i quadri che hai in casa, non distingue i fiori l'uno dall'altro né gli alberi, in campagna o in giardino ha sempre troppo caldo o troppo freddo; in cambio cura l'automobile come fosse una persona.

Il terzo, figlio di Tullio, è il migliore, ma in continua rissa con i fratelli per questioni di soldi, e nemmeno si salutano. Si è messo in politica come suo padre, traffica con i partiti, non sai più quale. Ti dicono che faccia grande vita: ha una casa al mare, una in montagna, i figli a diciott'anni subito con l'automobile, eleganti come al cinema e sui giornali; anzi, tutta la loro vita è come la spiegano sulle riviste esposte dal tabacchino, sulla piazza. Questo nipote ti manda qualcosa di costoso a Natale e per il tuo compleanno: un portacenere di porcellana francese per te che non hai mai fumato, una marmellata comprata a Londra quando Beppina te ne fa tutti gli anni con la frutta dell'orto, un foulard firmato che se te lo metti sembri una vecchia di cent'anni invece che di ottantacinque. Oppure libri di fotografie da guardare una volta ma non leggere, statuine di bisquit, brutte, come ce n'è uno scatolone pieno in soffitta; o anche profumi, ma per ragazze giovani o donne di quarant'anni. Le tipiche cose che poi, dopo morti, si ritrovano riposte in qualche armadio o cassetto, magari ancora nella carta. Anche perché da vecchi si ridiventa timidi, non si osa più familiarizzare con oggetti estranei, mai frequentati prima di allora. Se te ne importasse diresti che è un uomo volgare. Anche lui ha avuto due mogli.

Quelli che ti vengono a trovare adesso, in visita dalla zia nella vecchia casa che sperano di ereditare, sono i figli dei nipoti, con le loro mogli e i bambini. A vederli sembrano meglio dei loro genitori, ma probabilmente dipende dall'età. Non portano comunque tracce della tua famiglia, né di te né forse di Virginia, e non per l'aspetto fisico. Di nuovo ti tornano in mente le speranze. Non ti hanno deluso la scarsa riuscita né il numero dei matrimoni o la scelta delle mogli, ma l'assenza della memoria. Perfino Beppina li guarda come marziani, sconosciuti con altri usi.

Di tutto questo mamma per fortuna non si è accorta perché negli ultimi anni non aveva più la testa del tutto chiara, e poi se ne è andata, vecchia sì, ma non tanto. Fu per colpa tua e non te ne consolerai. Si era attaccata a Beppina più che a una figlia, le voleva bene. Forse non sapeva più chi fosse, se una parente, un'amica o quella sorella cui era molto legata, che aveva perso da ragazza. Trattava te come fossi stata Beppina, buona e gentile ma dando ordini, e Beppina come fosse stata te, con affetto e tenerezza, stava in ansia per lei, si preoccupava. Ti dava sui nervi.

Una sera che era brutto tempo, Beppina era uscita tardi per andare in farmacia. « Ascolta bene quando suona e corri subito perché non resti fuori con questo freddo », ti aveva raccomandato tua madre; « è andata senza le chiavi di casa. » « Va bene », avevi detto, ma poi ti eri affaccendata in qualcosa senza più pensare, e non avevi badato al campanello del portone. L'aveva sentito mamma che aveva continuato ad andare su e giù nel corridoio tendendo l'orecchio. Senza dirti nulla si era precipitata giù per le scale – gelide in quella stagione – attraversando il cortile ancor più freddo, fino al portone e di ritorno.

La mattina dopo aveva la febbre e rimase a letto: prima un'influenza, poi una polmonite. Beppina la curò meglio di una figlia, senza andare a dormire, inventando mille cure e attenzioni per cercare di guarirla. Durò ancora un mese e alla fine eri quasi esclusa dalla loro camera, dai loro colloqui. Ti sono rimasti dentro gli occhi della mamma, spaventati: con la paura di suo padre prima, di vostro padre dopo; poi, quando non ci fu più, delle responsabilità cadute sulle sue spalle, delle sciagure di tua sorella e dei suoi figli, e infine di una tua partenza definitiva. Anche delle malattie aveva avuto paura; per non doverle affrontare le negava, diceva: «Sto benissimo».

Dopo ci fu solo la lunga convivenza con Virginia che alla morte della mamma si era allargata in casa assegnandosi una specie di appartamento. Avreste potuto godervi questi anni, viaggiare magari insieme, ricevere parenti qualche volta, farvi compagnia. Invece non si poteva: ciascuna per suo conto, solo a mezzogiorno mangiate insieme, con difficile contabilità di spese da dividere; la mattina e la sera ognuna per sé nelle sue stanze, con inutile spreco per tutte e due. Tanta rigidezza mette in imbarazzo perfino i figli e i nipoti che vengono in visita e non sanno come dividersi, se stare con Virginia o con te. Certo in quei casi si mangia tutti insieme, ma poi di nuovo tutti divisi, salotti separati e perfino giardino separato perché ciascuna ha scelto un suo angolo: Virginia nel prato, vicino al gran cedro, dove prende il sole ogni volta che può, sulle gambe e sulle braccia, non in viso per non sciuparlo; tu vicino al cespuglio di lillà, per via del profumo e perché pur stando quasi nascosta hai una bella vista verso la montagna. Nonostante l'accurata divisione trovate sempre il modo di darvi fastidio. Tua sorella sa come tormentarti, mettendoti in ridicolo con una piccola frase lasciata cadere qua e là, che sembra innocente: e tu ancora non hai imparato a lasciar passare, ti arrabbi, di modo che ben presto lei ricomincia.

Apposta lei indugia in quei riti di bellezza che ti danno sui nervi: il lungo bagno caldo la mattina presto per poi tornare a letto ben avvolta nell'asciugamano, al fine di «eliminare le tossine», come ti spiega. Poi il trucco e la pettinatura per mostrare infine, quasi a mezzogiorno, il suo bel volto pallido e ancora liscio, gli occhi azzurri sottolineati un poco dalla matita, la bocca ridipinta con cura, i riccioli in finto disordine attorno alla testa. E il vestito sempre elegante, anche se solo per mostrarlo a te e di nuovo farti sentire disordinata e sciatta. Magra è diventata, e soltanto un po' rigida, altrimenti da dietro sembrerebbe una ragazza, alta sulle sue belle gambe snelle. Nel frigorifero tiene riserve di creme per le rughe, che si fa mandare da un istituto svizzero, e dopo mangiato riposa incremata due ore sul sofà del suo salotto.

Ne emerge in perfetta forma, un poco languida, un poco assorta, come per un vago dolore nascosto o per un piccolo cruccio irreparabile: il che le dà fascino, ancora. Tu e Beppina trovate ridicole tutte quelle cerimonie, ma la gente del paese e anche altri che la conoscono ti fermano in strada per dire: « Come sta bene, sua sorella! Come si è mantenuta giovane! E pensare che deve avere solo pochi anni meno di lei ».

VIRGINIA

QUALCOSA è andato storto in qualche punto della mia vita: ma guardo avanti e indietro, percorro i miei giorni piano piano, come con la lente, e non mi pare di trovare quando è accaduto. Eppure ci deve essere un errore nella trama, un punto caduto nella maglia liscia e regolare che sarebbe dovuta essere la mia esistenza. Là dove trovo zone d'ombra mi fermo, guardo più da vicino, metto la mano sul tessuto per vedere se sento ruvido, ma rimango incerta, non so dire quale di questi intoppi piccoli abbia fatto andare storta la vita.

Sarebbe dovuto andare tutto bene, senza possibilità di imprevisti e brutti incontri. Avevo avuto quanto occorreva per andare tranquilla, sicura di me, invidiata dagli altri, con alti e bassi, somiglianti però a una musica, a una leggera brezza che ora mi avrebbe portata in alto, ora più in basso, con dolcezza, con grazia. Invece è successo che nel venticello ci fosse un vuoto improvviso, che nella scala musicale mancasse una nota, in modo che poi tutte le altre suonarono sbagliate, in disordine, senza riuscire mai più a trovare un'armonia.

Ancora oggi non mi raccapezzo né mi consolo, rassegnata un poco ma non in pace; invidiosa, anzi, guardo le esistenze regolari di chi mi ha vissuto intorno, quell'ordine, quella prevedibilità che oggi mi sembrano caldi, rassicuranti. Che cosa ho fatto io peggio di loro? Quando da giovane ero nella tempesta, guardavo i vecchi dicendomi: « Sarà bello il giorno in cui starò in pace come loro, oltre le agitazioni, fuori della mischia ». Sono fuori della mischia, ma non oltre le agitazioni, e la pace non è venuta. Non ho imparato a pensare alla morte, a parlare con essa come fosse una cosa normale, familiare, una specie di vicina di casa che busserà da un momento all'altro. Pensavo che arrivata alla mia età mi sarebbe venuto spontaneo tenerla ogni giorno tra i miei pensieri, e invece no, sono come un mulo che, tirato per la cavezza, s'impunta sul sentiero, non vuole saperne di marciare docile in quella direzione. Non la conosco, non l'aspetto, è una nemica che tento d'ingannare lisciandomi il viso e tingendo di chiaro i capelli, per poterle dire, quando verrà: « No, si sbaglia, lei cerca qualcun altro, forse qui, alla porta accanto; io sono ancora troppo giovane, davvero si sbaglia ».

Anche in chiesa non vado, come fanno quelle della mia età, per non dover pensare alla morte. Sono fatte per pensare alla morte le chiese, buie e tristi, con immagini spaventose, ferite aperte, occhi lacrimosi, visi sofferenti, sangue che gocciola. Che altro potrebbe venire in mente in quell'ombra appena illuminata? Sfuggo le chiese, e non sta bene. Quando passo e da dentro sento cantare, l'istinto è di entrare per ascoltare la bella musica, godermi lo spettacolo, ma mi trattengo perché so che mi assalirebbero pensieri di malinconia. Prendo sonniferi se sto sveglia di notte, un altro luogo che porta con sé fantasmi scuri. Una volta bastava che accendessi la luce, prendessi un libro e subito si allontanavano, ma adesso sono diventati più forti, strisciano dentro la mia camera intorno al letto e stanno ad aspettare che io rispenga la lampada per venirmi di nuovo addosso. Ho paura del buio, come sempre, solo che un tempo ero incerta se contenesse ombre di lupi, di ladri o di serpenti, mentre adesso so cosa nasconde.

Peggio ancora delle chiese e delle notti sono le feste, le grandi feste notturne e di chiesa, come Natale, capodanno, la settimana santa. Ho imparato a mostrarmi indifferente, a lasciarle passare facendo finta di nulla, dalla mattina alla sera come un altro giorno. Non voglio vedere nessuno perché nessuno mi ricordi della festa; se qualcuno deve venire, meglio una settimana prima, anzi dopo, quando tutto è passato e la mente di nuovo può guardare avanti. Non voglio auguri, non voglio regali perché più facilmente possa dimenticarmi di quei giorni che segnano gli anni nella vita dell'uomo come i cerchi del legno in quella degli alberi.

È una ginnastica che ho cominciato molto tempo fa, esercitandomi a lasciar scorrere via le feste senza batter ciglio. Per salvarmi da quell'aspettativa ogni volta delusa, da quella leggera eccitazione che mi prendeva prima, lasciandomi dopo più malinconica, più amara. Ho eliminato tutto. Devo vivere piano in quei giorni, con misura, calcolando i gesti secondo un disegno preciso. Automaticamente metto in fila i passi, i movimenti, le cose che faccio, come fossero segnate su un promemoria. Tutto con calma, con precisione. Ma devono anche essere piene quelle giornate, perché non si presenti un vuoto improvviso, non programmato, nel quale possano infilarsi pensieri non ammessi. Non devo essere disturbata per non perdere il ritmo, per non uscire dalla mia devozione senza santi.

Una volta, quando ero più giovane, era pericoloso anche il compleanno, mi dava da pensare, scivolavo in considerazioni che mi rovinavano non soltanto quel giorno. Ma ho lasciato che gli altri dimenticassero la data e io stessa quasi non la ricordo più: passa in fretta, dopo avermi procurato soltanto un fuggevole stringimento di cuore.

Così vivo, sempre attenta a dove metto i piedi, guardandomi intorno con circospezione per non fare un passo falso, fermarmi dove non dovrei, andare in luoghi sbagliati dove poi non sarei più in grado di controllare la corsa dei pensieri. Sono così esperta che so dove si nascondono i pericoli: una finestra di casa per esempio, alla quale da un pezzo non mi affaccio, che dà su un pendio verso la montagna, verde e fresco, con profumo di robinie che nella stagione buona arriva fino alla casa. È un paesaggio vecchio, che ricordo uguale da sempre, dove non hanno potuto costruire e dove l'unica cosa che è cambiata è l'altezza degli alberi. Guardare quel tratto di collina che vedevo uguale trenta, quaranta, sessant'anni fa mi dà l'impressione di rivivere i giorni di allora, prima delle amarezze. Oppure il fiume, qualche pezzo breve che ha mantenuto il disegno di un tempo, l'acqua caffellatte che scorre piano tra le vigne. Mi dà struggimento quel vortice calmo, non so perché. Forse perché già lo vedevo com'era quando ancora speravo tutte le cose che non sono venute. Color caffellatte allora quando era pulito e anche adesso che è inquinato. È una direzione in cui evito di guardare, un'altra finestra che non devo aprire.

Meglio quasi osservare gli scempi che hanno fatto con le orribili villette, costruite nella bella campagna trasformata in spiazzo grigio dove non cresce più niente; meglio vedere come hanno distrutto le vecchie case di pietra di fiume per farci sopra palazzine senz'anima; meglio concentrarsi su come i capannoni si sono mangiati la valletta accanto al fiume, che era piena di ciliegi. Dorme allora la malinconia, resta sotto controllo l'amarezza, il rimpianto non ce la fa a venire a galla: tenetevi questo, avete quel che vi meritate, dico alla gente, o forse non dico ma immagino di dire.

Non mostro niente a chi mi sta intorno, mi so controllare, sono gentile e quasi allegra, da anni non mi permetto sfoghi, nemmeno una parola. Saluto tutti, forse mi trovano affabile, o solo cortese. O forse invece si vede che sono qui come uno che è braccato, che sorveglia tutte le entrate della sua casa, tiene d'occhio ogni movimento, tende l'orecchio a che nessuna corda suoni fuori del ritmo. Forse lo vedono che quella che cammina e va in giro non sono più io ma un'immagine uguale a me, vuota dentro, magari

impagliata, con gli occhi fissi di vetro come le volpi, i ca-
prioli, i cinghiali cui sparava mio padre e che poi guardavano giù dai muri con la testa e il collo rigidi, ma belli e
selvatici come da vivi. Sentono forse, quelli che mi incon-
trano, che la mia vita si è fermata un numero imprecisato
di anni fa, e quello che è continuato sono stati soltanto
giorni, ore, settimane, anche anni ma non più vita. Mi
compatiscono probabilmente, dicono: « Povera donna, e
pensare che un tempo... » E sarebbe la cosa che detesterei
di più, perché allora tutti gli sforzi, tutto l'irrigidimento,
tutto il controllo sarebbero stati inutili.

So le parole che si usano per le persone come me: « una
donna con un passato », « una donna tormentata », « inquieta », « una che non si rassegna », « povera donna ». E
non voglio sentirle, non voglio sentire niente. Non è facile
perché mi guardano quando esco, ancora mi piace vestir-
mi, essere pettinata, portare le scarpe buone. C'è il selciato nelle strade, sconnesso ogni tanto, e devo concentrarmi
per camminare dritta, senza traballare. È metaforico per
me quel selciato, ce l'ho nella testa, e mi costringe a stare
in guardia sempre, non dar a vedere nulla, camminare come se niente fosse, come se ogni cosa fosse liscia, piacevole, facile. Se una volta lasciassi andare i pensieri, se cedessi
a un ricordo, subito inciamperei, rallenterei il passo come
una che non è tanto in sé, magari ubriaca, e li avrei tutti
addosso. « Signora, è caduta? Non sta bene? Ha bisogno
di qualcosa? Venga qui da me, prenda un bicchiere, una
pillola, si riposi, si metta giù, chiamo qualcuno. » Già li
sento intorno, curiosi, avidi dei miei mali, solleciti anche,
o premurosi, per poi esplorare meglio la mia vita, esami-
narla, commentarla, forse avere pietà di me.

Questo per la gente di fuori; più difficile ancora è qui
in casa, dove tutti sanno o credono di sapere com'è andata. Qui conoscono le mie crepe, indovinano che non sono

come sembro, fingono di credere ai bei colori di facciata e immaginano o forse compatiscono il resto. Oppure non se ne curano; magari non se ne curassero, sarei più contenta. È più difficile fingere dove sai che non ti credono, essere un'attrice senza più speranza di convincere nessuno, ostinata nel suo ruolo. È di sera e di mattina che s'indovinano meglio le mie crepe, va meglio durante il giorno quando sono in movimento. Come una macchina che una volta avviata corre bene, ma perde i colpi quando rallenta e dopo il riposo fa fatica a riprendersi, a girare a piena forza.

Al mattino ancora non mi sono ricomposta dopo la lunga libertà della notte, dopo aver lasciato correre i pensieri nelle ore in cui sto sveglia. Ci metto parecchio a cancellare le pieghe lasciate da quei pensieri, ci vogliono creme, massaggi, risciacqui. Come per i capelli, che al mattino rivelano lo sconquasso del buio, stanno irsuti quasi avessi combattuto, mi tradirebbero se incontrassi qualcuno. Perciò sto ore nel bagno, non tanto con trucchi o ciprie come tutti pensano ridendo alle mie spalle. Semplicemente aspetto di essere presentabile, di nuovo in ordine, richiuse le falle apertesi durante la notte. Così sono nate leggende intorno alle mie strane cure di bellezza, bagni di vapore, impacchi e chissà cos'altro.

La sera succede l'inverso. Al primo crepuscolo sento che non reggerò a lungo, annaspo quando in casa si accendono le luci. Ogni anno che passa mi ritiro in camera più presto, alle dieci, alle nove, ormai poco dopo le otto. Non dormo, no, da sotto la mia porta si vede chiaro fino all'una o anche alle due. Pensano che io legga, scriva lettere, studi qualche carta. Sì, leggo anche, ma non a lungo, perché con gli occhi non ce la faccio. Non scrivo però niente, perché scrivere muove troppi pensieri, lascia spazio tra una frase e l'altra a sprofondamenti improvvisi dentro i fiumi di ricordi, mentre leggere annebbia piacevolmente la testa, trasporta in altri mondi. Per lo più mi muovo nella stanza, su e giù agitandomi intorno al niente. Finché sono in movimento ogni cosa è sotto controllo: è il riposo, la pace che lascia il posto ai fantasmi. Apro e chiudo i cassetti un'infinità di volte, ripongo camicie, biancheria, sempre m'impegno a trovare qualcosa che non va, nell'armadio o nel cassettone. Sono felice quando scovo strappata una carta che fodera i ripiani: rimetterla a nuovo è un lavoro di sei, anche sette sere; per la normale amministrazione mi devo accontentare di abiti appesi l'uno sopra l'altro sulla stessa gruccia, di scarpe lucidate male, di minimi strappi nella biancheria. È una demente ginnastica che pratico da anni, grata di poter fare tutte quelle cose che un tempo detestavo.

Notte dopo notte mi rimetto in movimento come una trottola forsennata e se ci penso mi prende lo sgomento, ma non forte abbastanza per farmi uscire dalle mie manie. Gli altri della casa mi considerano scorbutica, maligna perché non li voglio vedere, fredda perché mostro di non commuovermi su niente, ostinatamente attaccata alle cose perché curo i vestiti, le scarpe, i capelli, i gioielli.

« Le piace il lusso », immagino che dicano di me, oppure: « È ancora una civetta, nonostante i suoi anni ». È certo che lo dicono perché in questo modo mi trattano. Tenendo sempre una certa distanza, cortesi ma senza calore. Si comportano con me come con un malato che va seguito con ogni cura, ma non troppo da vicino perché il male potrebbe attaccarsi. Nel loro tono mi pare di indovinare sempre un che di altezzoso, come di lievissima condanna. Non la superbia o l'arroganza dei potenti verso gli inferiori, ma quella dei poveri seri verso i ricchi perdigiorno, dei nobili decaduti verso i nuovi miliardari. Dove la ricca perdigiorno, la nuova miliardaria sarei io. È un ruolo che mi hanno assegnato quaranta o cinquant'anni fa, forse anche prima: me lo hanno lasciato per sempre, altre parti non mi si convengono. Così, quando mangio con loro, mi danno il boccone più bello, la porzione più delicata, il bianco del pollo e la guancia della trota. O anche apparecchiano meglio, con tre bicchieri, le posate del pesce, mi lasciano la poltrona più comoda, il posto più soleggiato, il giornale quando è appena comprato.

Non mi permettono di fare nessun gesto, spostare un mobile, sollevare un oggetto caduto, portare qualcosa di pesante, aiutare in cucina. « Non ti affaticare, lascia fare a me », accorrono subito premurose, ma la loro non mi sembra premura verso una vecchia, piuttosto volontà di sottolineare la differenza che c'è tra me e loro, io che tengo ai bei vestiti, ai gioielli, ai capelli in ordine, io viziata, incapace di fare qualcosa di utile; loro la povera gente seria che ha lavorato sempre senza badare a frivolezze, alle cose stupide dietro le quali mi sarei persa io. Sono piccole sceneggiate quotidiane per farmi tenere a mente i miei errori. Mi fanno domande senza attendere risposta, parlano tra loro fitto senza farmi partecipare, discutono problemi senza di me; non ho niente da fare, niente da dire, niente da pensare. Più che posso mi tiro indietro, nella mia stanza, e capita che per questo si mostrino offese.

PARLARE con mia sorella, spiegare, mettere in chiaro? Ho provato. Ogni tanto mi riprende la tentazione, ma è come se le parole diventassero di sasso, grandi pietre, troppo grandi per la bocca, che si mettono di traverso, passano da una guancia all'altra senza riuscire a venir fuori. Con sforzo mi capita di prepararle in ordine sulla lingua, già ben formate l'una dopo l'altra, già mi pare di ascoltare il loro suono, la frase compiuta, e non è male, ma all'ultimo è come se mi si arrugginisse tra i denti. Devo ingoiare le parole a fatica, così grosse e pesanti, devo ricomporre il viso che aveva preso l'espressione di chi parla.

In passato, quando cercavo di avviare un colloquio di parole vere e non tanto per fare conversazione, rimanevo sempre con l'impressione di non riuscire ad andare in fondo, come se volessi afferrare un pesce nell'acqua bassa e questo mi scappasse. Volevo spiegare le circostanze della mia vita e lei sfuggiva, non capiva, non voleva sentire, sgusciava via in fretta, e mi ritrovavo di fronte a quella stessa porta chiusa. Oppure mi lasciava parlare, senza dir niente, e quando mi sarei aspettata una parola, una frase come di chi avesse afferrato, riflettuto, continuava a stare zitta davanti a me, che ero incerta se andare avanti a spiegare, con più foga, più accanimento, più particolari, oppure zittirmi. Mentre parlavo lasciava girare gli occhi, o si concentrava – mostrando indifferenza – su una fessura del tavolo, un po' di polvere su un quadro, qualcosa fuori posto che subito accomodava senza badare a me. Se poi, incapace di fermarmi, mi accaloravo ripetutamente sullo stesso concetto, impaziente mi diceva: « Ho capito », giusto per farmi tacere, potersene andare, senza più ascoltarmi, né credere ad alcuna delle mie parole.

Ma non è così semplice: starei troppo in pace in questo modo, dimenticata dagli altri, per conto mio. Ogni tanto, quando secondo lei sono rimasta abbastanza tempo nel mio brodo, ben allenata a stare da sola, a vivere come se in casa non ci fosse nessun altro, allora ho diritto a essere richiamata all'ordine. Cade dunque una parolina che mi risvegli dal mio torpore, che mi faccia ricordare che nulla è dimenticato, che io continuo a essere quella che non va bene. Osservazioni che a un altro che ascoltasse parrebbero innocenti, ma che, a me, mi mordono. Ogni volta arrivo impreparata, quasi serena nella mia pace forzata, spesso non capisco il primo accenno, chiedo che mi ripeta la frase. Che giunge più chiara. In altri casi l'accenno è così velato che solo alla sera, ripensandoci, mi rendo conto che doveva essere una cattiveria, e quasi mi dispiacciono maggiormente questi colpi a effetto ritardato che arrivano quando sono già in disarmo.

C'è un altro modo ancora per far vedere quanto migliore lei sia di me. Periodicamente mi fa dei regali importanti, cose belle, e troppo care, che io non posso ricambiare perché è tutto suo. Troneggiano nella mia stanza questi regali come trofei estranei; si accumulano, prendono polvere. Mi guardo intorno e vedo una borsa di coccodrillo, elegante, intoccata, con l'imbottitura di carta all'interno. Quando dovrei usarla? Per fare la mia passeggiata fino al fiume e ritorno? O alla merceria a comprare bottoni, un elastico, un rotolo di filo per i miei lavori di rammendo? C'è anche un portavaso di porcellana danese nel quale tengo le caramelle; oppure la lampada di cristallo che avrebbe dovuto sostituire la mia vecchia affinché ci vedessi meglio la sera quando leggo a letto, ma ho tenuto la vecchia e chiuso nell'armadio la nuova. O una valigia di cuoio per viaggi che non faccio più; uno scialle di seta in cui avvolgermi quando fa freddo: questo sì lo uso; e ancora profumi, ma scelti senza pensare al gusto mio. Doni per una persona frivola, superficiale, amante del lusso, come nella loro testa mi hanno condannata a essere.

Molto tempo fa facevo anch'io regali così, questo me lo ricordo. A volte penso che mia sorella spenda tanto per me perché sa che, tra pochissimo, queste cose saranno di nuovo sue come se le comprasse in anticipo per sé. Ma probabilmente neppure a lei piacciono, non sono cose che lei ama, non ne ha mai avute di simili. No, me le regala per punirmi, perché io mi ci specchi dentro. Ha fatto il vuoto intorno a me, mia sorella: gli amici sono tutti morti e per i parenti sono quasi un'estranea. Specialmente i bambini mi ha rubato, i figli dei nipoti che vengono in visita più da lei che da me, anche se la nonna sono io. Ha attirato i bambini, non so come, con piccoli giochi, sorprese, storie che sa raccontare; si è presa gli unici cui tenessi. Forse perché con i bambini io non ci so fare: neppure quando erano piccoli i miei figli avevo pazienza. E poi erano altri tempi, c'era la governante, non ci si aspettava che la mamma stesse tanto con i figli. Quando sono nati i nipoti forse mi sentivo ancora troppo giovane per fare la nonna e i figli venivano poco a trovarmi.

Adesso che dei pronipoti avrei voluto occuparmi, non li trovo più, non sono più miei. Avrei la pazienza, ora, ma probabilmente mi giudicano troppo vecchia, oltre l'età. Lo dice sempre mia sorella quando vengono: « Lasciate stare la bisnonna, non la stancate, deve riposare adesso », e spariscono. Dalla finestra li sto a guardare in giardino, tutti intorno a lei che ancora corre come una ragazza, allegra come di solito non è, e mi dico che lo fa apposta per mostrarmi quanto io sia incapace di stare con i bambini. Certo non posso riprendermeli con favole più belle delle sue, con sorprese più sorprendenti. Poi mi dico che sono solo fantasie, le mie, che mi vado costruendo ombre inesistenti, idee stravolte da vecchia troppo vecchia. Forse invento tutto, attribuisco realtà a incubi di notti insonni e mi avveleno il resto del tempo.

Mia sorella probabilmente neppure mi pensa, non ha voglia né forza di organizzare tutto questo contro di me, va per la sua strada e io resto indietro a inventarmi persecuzioni. Poi torno a dirmi: eppure, qualcosa di vero ci deve essere e non posso fare a meno di sentire che lei è contro di me. È sempre stata più buona, più saggia, più ragionevole, più laboriosa di me, capace di farsi amare da tutti perché per ciascuno trova le parole giuste. Si prende il tempo di ascoltare anche i contadini, i domestici. Devota in chiesa e devota in casa, mai impaziente. Svelta di testa a far di conto, previdente, preoccupata della casa, dei campi, con l'occhio attento ai lavori da fare e a quelli eseguiti male. Brava anche a cucinare, o nelle cose di giardinaggio, a disporre i fiori nei vasi, a preparare tisane che guariscono; non frivola, non vanitosa e nessun altro di questi brutti vizi. Le cose vistose o – per carità – volgari, non le ha mai potute soffrire, con un gusto innato per il buono, il giusto. Come potevano non amarla tutti, volerla conquistare, volerla tenere? Sarebbe piaciuto anche a me.

In più era ordinata: ah, la sua stanza, che bellezza entrarvi, ora come allora! Ogni cosa per benino al suo posto, l'armadio perfetto di dentro, i cassetti esemplari, il letto lisciato con il copriletto a fiori chiari che ho visto impallidire a poco a poco nel corso del tempo. Un po' di profumo si sente sempre quando si entra, di lavanda o altre erbe, rinchiuse nei cassetti in mezzo alla biancheria, dentro piccoli sacchetti che lei stessa cuce e rinnova di stagione in stagione. Sì, sa anche cucire, non per sé che vanitosa non è, ma per i bambini poveri che ricevono da lei pantaloncini e camicie e quant'altro serve. Quella stanza rispecchia la sua vita secondo il detto che mio padre non si stancava di ripetere: « Chi è ordinato fuori lo è anche dentro ». Perfetti, come nuovi e senza orecchie sono i libri che legge: quando li ripone sembrano intonsi, ed era lo stesso per i suoi libri di scuola e per i quaderni.

Mi veniva sempre portata a esempio dai genitori; fu, sin quasi dall'inizio, la preferita. Lei aveva – e ancora non ha perso – quel tratto che tanto piaceva ai vecchi di casa: conservare ogni cosa, piccola o grande, importante o da nulla. L'avanzo di lana come la corda dei pacchetti, i francobolli non timbrati e le cartoline ricevute. Tutto poteva servire e andava, anzi va, a finire in certe scatole e scatoline, anch'esse salvate dal cestino dei rifiuti. Sono decenni che raccoglie roba, tutto per un eventuale uso futuro che in gran parte non è mai venuto, e miracolosamente riesce a mantenere ordine in quel suo immenso deposito di cose vecchie. È sempre lei che ha tutto quello che serve in ogni occasione, normale o di emergenza; raccoglie anche ciò che gli altri – io per esempio – buttano via.

Più di una volta mi è capitato di cercare qualcosa, un libro, un avanzo di stoffa, una fotografia, che non ricordavo di aver buttato: ed ecco che lei li tirava fuori dal suo inesauribile archivio. Ha tenuto i giocattoli che avevamo da piccole, e sono belli a rivederli adesso, quasi più belli di quelli di oggi; alcuni li ho dimenticati ma altri li riconosco e mi appaiono carichi di suggestione, non brutti o miserelli come sembravano allora. Ha tenuto i vestiti dei miei bambini, ben disposti tra canfora e carta velina nei bauli della soffitta. Li ha prestati ai nipoti e ai pronipoti, rimettendoli via ogni volta, non senza averli prima accomodati, rilavati, stirati. Se qualcosa non tornava indietro, reclamava, non dava pace finché non riaveva tutto. In fondo erano cose mie ma con le sue cure le ha acquisite di diritto. Ho chiesto una volta di vederli ma ho distolto subito lo sguardo alla vista di quei cadaverini piatti di vecchi marinaretti, fantasmi di camicette ricamate, ombre di pantaloncini, impronte di cappottini scuri, tanti piccoli morti imbalsamati, sfatti come fiori secchi in mezzo a un libro.

Tiene i quaderni di scuola e le pagelle, le lettere, i biglietti, gli inviti, raccolti in ordine di tempo, e inutilmente salvati dal loro giusto destino, il cestino della carta. Conserva ogni più piccola pezza d'appoggio della sua vita, come se le servissero di testimonianza dei giorni passati, come se senza di esse non potesse credere di aver vissuto. È l'amministratrice delle cose vecchie sulle quali regna come su un esercito senza voce e ha potere di vita o di morte – buttare o conservare – ma non condanna mai nessuno.

Io INVECE ho buttato le lettere, le fotografie, gli oggetti, le cose che mi circondavano. Tre volte ho cambiato casa e ogni volta è stata l'occasione per ripulirmi di innumerevoli inutilità che mi si erano accumulate intorno. A volte mentre gettavo mi rendevo conto che stavo gettando qualcosa che forse avrei rimpianto, qualcosa cui nel cuore ero legata, qualcosa che dava continuità alla mia esistenza disordinata, il simbolo di un passato migliore del presente: eppure, così consapevole, buttavo via lo stesso. « Sentimentalismi », mi dicevo e quasi a forza aprivo la mano per lasciar cadere nel cestino. Dopo mi sentivo libera, moderna, positiva.

Oggi invece qualcuna di quelle cose da nulla mi manca. Una cornice di velluto blu con le foto dei miei bambini piccoli, che mio padre ha tenuto per anni sul comodino. Era sfilacciata, lisa, senza più la gambetta che la teneva in piedi: in un primo tempo ho conservato le foto, poi sono sparite, una alla volta sono scivolate via, le devo aver gettate senza essermene accorta. O anche un piccolo nécessaire per il cucito, molto vecchio, a forma di uovo, d'argento finto, con dentro tutto, forbicine, aghi, ditale e tanti fili arruffati insieme. L'ho buttato perché mi sembrava brutto e inutile. Ora mi manca, non tanto perché era stato un regalo della Prima Comunione di una prozia, una povera vecchia che non aveva avuto i soldi per comprarmi qualcosa di nuovo e mi aveva regalato una cosa sua. Piuttosto perché faceva parte della mia vita e nei miei ricordi di bambina era sempre presente. Devo essere stata senza cuore a gettare via ogni cosa. Nella memoria mi attacco a quegli oggetti, li vedo, mi stanno intorno ma non ci sono.

Colpa anche del mio disordine se ho buttato via tanto. Prima, quando ancora stavo con i genitori, la mia stanza era impossibile, vestiti uno sopra l'altro, cassetti pieni di cianfrusaglie nei quali non si poteva trovare nulla, dove le calze stavano in mezzo alle lettere, le forcine accanto ai soldi e la cipria a fianco delle penne. La mamma aveva comandato alle cameriere di non toccar nulla per costringermi a mettere in ordine, ma io non ci pensavo. Più tardi fu lo stesso con le mie case, ben messe e rassettate in apparenza, a guardar bene il caos. Alla saggezza sono approdata solo da poco, perché non ho più altro da fare che tenere in ordine la mia stanza, e non c'è più nessuno che comanda alla domestica di lasciar stare, anzi: non posso lasciare in giro una cosa che subito qualcuno corre a rimetterla al suo posto. Mi sembra una tomba questa camera così perfetta, non più mia, come se ci vivesse un'altra.

Ho buttato tanto perché detestavo le cose vecchie. Tutto il mio mondo era popolato di mobili in stile, di quadri d'epoca, tappeti d'altri tempi, argenteria di duecento anni, libri di secoli. E se qualcosa non era vecchio non poteva essere bello, era volgare, di cattivo gusto. Tutte le cose nuove venivano guardate dall'alto in basso, moderno era quasi una parolaccia. C'era commiserazione per chi non aveva anticaglie in casa, oppure lo si riteneva bizzarro, non normale. Devozione totale per l'antico regnava da noi, dedizione e cura affinché non perdesse il suo splendore: nulla di nuovo era ammesso e perfino la varietà delle rose in giardino doveva esser sempre la stessa, rampicanti quasi bianche per la casa, rosse a foglie semplici intorno alla fontana, bianche e gialle dal fiore pesante lungo il vialetto.

Tutto immobile perché la vita non potesse diventare

peggiore di quello che era già, tutto fermo, tutto consueto. Ogni minimo movimento, ogni spostamento, cambiamento, aggiornamento avrebbero potuto scardinare il buon ordine, il santo ordine cui era affidata la nostra sopravvivenza. Se una di noi rompeva qualcosa erano tragedie: per un piatto, un portacenere c'era una punizione severa, figurarsi se si trattava di un vaso, di una lampada, del vetro di una stampa, oppure, Dio non volesse, di una delle nostre fragili seggioline dalle gambette sottili. Per giorni e giorni papà non perdonava: ci veniva cancellata la mancia, come se le nostre miserabili mance, peraltro mai gratuite ma guadagnate con qualche lavoro, potessero bastare per ricompensare il pezzo rotto.

Lo stesso era in giardino, dove fiori, siepi, alberi e prati erano assai più importanti di noi: in giardino si poteva passeggiare, mai correre, perché c'era sempre il rischio di rovinare un'aiuola nella foga, oppure di strisciare la ghiaia dei vialetti, o mettere il piede in un terreno fresco di semina. Correvamo lo stesso, ma di nascosto. Quando poi capitava che lasciassimo un'orma affondata nella terra di un'aiuola, oppure una fronda di cespuglio spezzata o una rosa divelta, era un processo. Costavano soldi tutti questi danni, ci veniva ripetuto, soldi che non avevamo o che dovevano servire ad altre cose. Eppure in paese eravamo i più ricchi – questo lo capivo anche da bambina –, nessuno aveva una casa come la nostra con gli oggetti antichi dentro e nessuno aveva tanti campi quanto noi.

Le cose vecchie, curate, ammirate, difese con gelosia furiosa divennero perciò presto mie nemiche e in segreto, senza pensarci, cominciai a buttare via roba: un cigno di ottone che avevo avuto in eredità dal nonno, i calzini di filo bianco quando avevano dei buchi che, rammendati, avrebbero scorticato il piede nella scarpa e tutte le bam-

bole appena si rompevano, anche le belle vecchie bambo-
lone che erano state della mamma ma che trovavo troppo
diverse da quelle con cui giocavano le altre bambine. Più
di una volta me ne fu portata indietro qualcuna che la cameriera aveva ripescato dal cestino della carta e fui costretta a tenerle con le teste spaccate e tanti rimproveri.

Se il papà regnava sulle cose della casa e del giardino, la
mamma aveva competenza per l'armadio della biancheria,
immenso armadio, anzi due o tre, che con tutti i loro
scomparti sembravano delle città con torri di asciugamani,
palazzi di lenzuola, mura di tovaglioli. Tutto perfettamente bianco e impilato, fermato con nastro azzurro pallido,
con la lista dell'inventario fissata all'interno dello sportello
e sacchetti di lavanda sparsi nella candida metropoli. Con
cigolio si aprivano le porte di quel regno e non era contenta la mamma se qualcun altro ci metteva le mani, neppure
la guardarobiera. Era lei che riponeva la biancheria stirata
ed estraeva quella che serviva, non mancando mai di
brontolare contro una piega fuori posto, una tovaglia mal
stirata o l'ombra di una macchia. Si poneva davanti all'armadio con le ante aperte e scrutava la sua dote, aggiunta a
quella di sua suocera e a quella della suocera della suocera. Probabilmente custoditi lì c'erano gli unici beni che ella possedesse, a parte i gioielli e i vestiti, gli unici di cui
potesse disporre a suo piacere.

« Oggi mettiamo sul tavolo la grande fiandra e dopodo-
mani il lino con l'à jour. In camera degli ospiti gli asciugamani di spugna, in quella delle bambine quelli piccoli, del
personale. » Contava spesso il numero dei pezzi mentre
con le mani pulite e ordinate sfiorava il dorso dei tovaglioli, delle federe, dei lenzuoli coricati l'uno sopra l'altro,
perfetti parallelepipedi di stoffa. E di nuovo si arrabbiava
se un tovagliolo mostrava la fronte invece del dorso, scom-
binando quelle eleganti simmetrie. « Chi ha aperto qui?

Non si può star via un giorno senza che qualcuno venga a toccare. » Dopo il personale, le prime sospette eravamo noi bambine che, in effetti, attratte dai riti misteriosi che nostra madre periodicamente celebrava davanti all'armadio, a volte non resistevamo alla tentazione di aprire e toccare qua e là lasciando sempre qualche traccia. Peggio fu quando, un po' cresciute, lasciavamo – io lasciavo – segni di cipria o di rossetto su una federa, oppure andavamo a prenderci un asciugamano grande da usare dopo il bagno, e non sempre le salviette piccole « del personale ».

Mi toccavano rimproveri se, pensando di far bene, sceglievo la biancheria più vecchia, quella che non si usava mai, collocata nel ripiano più alto. « È il corredo della bisnonna », mi si diceva, « i pezzi più preziosi, tutti cuciti a mano. Vanno tenuti da parte, da conto, altrimenti si rovinano. » Meglio dunque lasciarli morire nell'armadio di morte lenta – pensavo io – senza che nessuno ne avesse vantaggio? Ecco perché mi è venuta questa voglia di buttare il vecchio.

Le stesse regole di economia valevano anche nella cucina che, come la biancheria, stava sotto il comando di mia madre. Sempre cose da mangiare pallide, senza gusto, senza sugo, senza sale, carne bianca o, al venerdì, pesce senza sapore, verdure bollite, insalata dell'orto a foglie troppo grandi, lasciate crescere perché ce ne fossero di più, rapanelli gonfi e legnosi per lo stesso motivo, piselli stramaturi, immensi e duri, perché coglierli da piccoli sarebbe stato uno spreco. Molte minestre, minestrine anzi, patate al vapore, mai rosolate, mai bruciacchiate come piacevano a me; mai fritti o altre cose malsane ma buone, mai dolci vistosi con panna e crema e neppure gelato, o frutta che non fossero le piccole mele di casa o l'uva striminzita, più uvetta che uva, appesa nella dispensa vicino alla cantina. Dappertutto poco olio, poco burro, poco condimento, per tre motivi insieme: economia, salute, eleganza.

Era considerato ordinario il cibo saporito, la bella frutta dei negozi, i dolci appariscenti. Tra i dolci erano permesse solo le crostate, le torte secche o forse di frutta, ma guai mangiarne troppo spesso, durante la settimana magari, senza un valido motivo per festeggiare. Troppo spreco, troppo lusso, da nuovi ricchi. Cibi veramente ordinari, come la polenta o i canederli, erano invece ammessi, ritenuti buoni, chissà perché. E poiché in cucina la regola del « non si butta niente » valeva più che altrove, la cuoca si doveva accanire con gli avanzi sino a far sparire l'ultima briciola, non nella scodella del cane oppure nel pollaio, bensì nelle nostre bocche. Tornavano e ritornavano gli avanzi per due, tre, quattro volte, sempre più tristi, nonostante le successive modifiche. Se poi lasciavamo qualcosa nel piatto, il grasso del lesso o la pelle del pesce, ce la ritrovavamo in tavola a tutte le ore, una volta anche alla prima colazione. È per questo che mi viene di buttare tutto facilmente.

CHISSÀ se in casa della signorina di pianoforte si mangiava meglio che da noi, meno elegante, ma più saporito. Se ci ripenso, qualche volta ho sentito come l'impressione di odore di cucina benché camuffato dal profumo della sua cipria e da quello delle violette di zucchero che teneva in un vasetto di cristallo sul cassettone. S'infilava, quell'odore di soffritto, ordinario e popolare, tra le porte, strisciava sotto i profumi, un po' confuso, quasi attutito, eppure lo sentivo.

Nella buona stagione era lei che veniva fino a casa nostra per la lezione, in quella brutta toccava a noi andare, accompagnate dalla governante o da sole. Era alta, la signorina di piano, magra, con i piedi piccoli e perfettamente diritti, da non distinguere il destro dal sinistro. Parlava con voce soave, lodandoci sempre, sempre paziente. Aveva scatole di porcellana distribuite qua e là nella stanza del pianoforte – l'unica che conoscessi del suo appartamento – con dentro biscottini, confetti, cioccolatini. Ne potevamo prendere dopo la lezione ma a casa non lo raccontavamo.

Una volta vidi i guanti del papà sul tavolino dell'ingresso, e forse una volta anche il suo cappello. Sarà venuto a pagare le lezioni, mi dissi, ma strano, perché di solito è la mamma che si occupa di queste cose. Capitava ogni tanto che uno dei genitori venisse ad ascoltarci qualche minuto durante le lezioni in casa e la signorina si emozionava e diventava rossa se veniva nostro padre. Subito si alzava in piedi senza osare guardarlo in faccia; si rilassava soltanto quando lui se ne andava. Mi stupì dunque che la signorina non ci dicesse niente dei guanti sul tavolino. Poi, siccome quel giorno il papà non aveva mangiato con noi, mi era venuta l'idea che avesse potuto mangiare a casa della signorina, dove i profumi di tavola erano migliori che da noi. Ma a pensarci non riuscivo a figurarmelo seduto nella cucina della signorina a chiacchierare con lei, oppure nel salottino, poiché non mi pareva che lì ci fosse una sala da pranzo. Lei non avrebbe osato rivolgergli la parola né avrebbe mangiato in sua presenza.

Capitò poi un giorno che dimenticai uno spartito dalla signorina: *Schumann, esercizi al piano* si chiamava e ci erano state date alcune pagine da studiare. Tornai a prenderlo e dall'uscio sentii la voce di mio padre che mi bloccò la mano sul campanello. Stava usando la sua voce buona, quella che a noi toccava raramente, quando pareva dimenticarsi di sé, del suo ruolo. La sta lodando, pensai, perché ci ha sentite suonare bene. Ma me ne andai zitta correndo via e a casa non dissi nulla.

Scoprii altre sue tracce nell'appartamento della signorina, un giornale giallo che non ho mai visto ad altri che a lui, odore di sigaro, e strani umori della nostra insegnante, di solito così soave, così affabile e così costante nel suo fermo entusiasmo per il nostro futuro pianistico. Il resto me lo immaginai anche se mi era difficile figurarmi la signorina, rigida come una bambola beneducata, l'impeccabile viso ampiamente infarinato di cipria, nelle braccia di mio padre, mentre lo baciava con le labbra tremanti tinte di rosa caramello, mentre lo accarezzava con le sue mani secche dalle unghie impeccabili, certamente non tinte queste, per carità. Conferma alle mie immaginazioni la ebbi più tardi, dalle chiacchiere della cucina.

Ci fu qualcun'altra poi, quando evidentemente la signorina si fece troppo polverosa, quando cominciò a mettere una retina per tenersi in ordine i capelli che qua e là dal biondo davano sull'azzurro, quando non servirono più ad allettarlo quei buoni intingoli di cui sentivo l'odore. Una nostra governante inglese per esempio, venuta un inverno a occuparsi di noi. Aveva unghie lunghe, me le ricordo, e spesso piangeva nella sua stanza, con strani singhiozzi acuti, ravvicinati, diversi dai nostri. All'inizio era per nostalgia e per i nostri modi ostili, poi, quando l'una e gli altri passarono, per altre ragioni.

Una notte – ma per i bambini la notte comincia alle otto, e perciò forse era soltanto sera – venne da piangere a me perché avevo paura del buio. Mi alzai per cercare consolazione dall'inglese, sotto la cui porta vedevo filtrare la luce. Trovai mio padre in ginocchio presso di lei che teneva le gambe aperte e solo anni dopo seppi cosa faceva. Pensai – dopo – che in ginocchio così faceva la Comunione la domenica, guardandoci con occhi inquisitori se noi invece restavamo nel banco. Tornai di corsa nel mio letto quella sera, sperando che non mi avesse sentita; le lacrime mi si seccarono né ebbi più tempo di avere paura del buio: ben altre cose avevo da pensare, più misteriose del buio, più inquietanti. Qualche mese dopo la governante inglese, che non aveva mai smesso di singhiozzare di notte in camera, fu mandata via. Di quella signorina non sentii più parlare, ma ormai avevo capito a che cosa bisognava guardare per capire se fra due c'è un'intesa. Le facce delle donne soprattutto quando un uomo parla, certi sorrisi, il tono della voce; oppure in lui una euforia che di solito non mostra, un'aria confidenziale, di chi divide un segreto, un modo di piegarsi su di lei vicino vicino per dirle una cosa da ridere. O anche, al contrario, se un uomo ignora completamente una donna, se finge di non sentirla e non vederla.

In questo modo ho visto o immaginato tante storie di papà e lo sorvegliavo come un gendarme, lo spiavo ogni volta che c'era una donna, divisa tra la paura, il disgusto e il desiderio di sapere come sarebbe andata a finire. Per esempio venne una volta una cugina di mia madre che noi amavamo perché ci portava sempre un regalino. Era grossa, buona, con un grande seno. Era venuta con altri per il tè che prendevamo in giardino seduti sulle sedie di paglia sul prato, ma per non dover salutare nessuno e magari versare il tè ero scappata a nascondermi su un albero scuro, dai rami facili da salire come una scaletta. Vidi dopo un po' mio padre venire dalla mia parte sotto braccio alla cugina e fermarsi, protetto da cespugli.

Quella signorina aveva qualcosa di diverso dal solito, meno bonaria, meno allegrona, non così spontanea. Era in tensione – lo vedevo anche da lontano –, attenta a quel che faceva, poneva il capo in modo grazioso, parlava a fior di labbra, senza quelle solite risate a bocca aperta. Le sue mani, che conoscevo come belle mani grandi e tranquille, pacifiche, svolazzavano leggiadre attorno a mio padre, sul viso, sul collo, sul petto e sulle spalle. Lui cominciò a baciarla sulla bocca e dopo un poco vidi che la baciava dentro la camicia. Erano nascosti, ma non molto distanti dagli altri che prendevano il tè e di cui si sentivano bene le voci. D'improvviso tornando a guardare quei due dopo esser rimasta ad ascoltare il chiacchiericcio del gruppo, vidi che la cugina era quasi nuda: la sottoveste abbassata lasciava vedere il suo grande seno bianco e pesante che lei teneva un po' sollevato con le mani come per mostrarlo meglio. Mi faceva uno strano effetto, quel nudo chiaro tra il verde fresco delle foglie di giugno: mi sembrava una cosa fuori luogo, che stonava, come stonerebbe qualcuno che in bagno, tra il bianco del marmo e della ceramica, mangiasse un piatto di minestra.

A un tratto la mamma mi chiamò con voce alta e lunga per mandarmi a prendere dell'altro latte, non si accontentò del silenzio ma chiamò ancora e ancora. Non mi mossi, ma la cugina ebbe paura: si scosse, tornò in sé, riprese quel suo modo di fare casalingo e saggio che le conoscevo. Si rivestì piano, con sicurezza, senza più curare i gesti, come se fosse stata da sola. Mio padre cercava di trattenerla, rallentando l'operazione con nuovi abbracci e baci, ma lei semplicemente lo spostava con il braccio come fosse un importuno. La studiai quando fummo di nuovo con gli altri: solo perché sapevo, mi sembrava un po' arrossata, un po' in confusione, come ansiosa. Quanto a lui, come sempre brillante con gli ospiti, spiritoso con la cugina nello stesso modo che con gli altri, quasi avesse misurato il numero delle parole, quello dei sorrisi e delle attenzioni da dedicare a ciascuno.

Qualcosa comunque quegli abbracci dovevano avere lasciato nel cuore della cugina: venne più spesso, facendo felice la mamma che la teneva in simpatia. Di certo fece felice anche mio padre, per quanto non li avessi più visti insieme come quella volta. Sentiti, però, sì.

Stavo salendo alla stanza del pianoforte per i miei esercizi quando udii la voce di papà, vicinissima ma spenta, come se fosse stato appoggiato alla porta:

« ...Potresti restare anche a dormire ».

« E poi? »

« Ci penserei io... »

« Mi fai vergognare di me. »

« Però ti piace. »

Non ci fu risposta: forse la cugina aveva sorriso. Poi li sentii sospirare, ma forse nell'immaginazione.

Imparai molto dal papà in quei tempi. Indirettamente, da come lui e le sue amiche si comportavano, facendo poi sempre finta di nulla, trattandosi con leggerezza e indifferenza anche se fino a cinque minuti prima si erano stretti. Direttamente, perché non perdeva mai occasione per proibirci qualcosa, minacciarci, correggerci, darci ordini.

« Non voglio che parliate con i ragazzi. » « Non dovete

far vedere le gambe quando correte. » « Smettetela di salire sugli alberi, non avete più l'età. » « E tu, Virginia, stai un po' più composta, il vestito è troppo stretto, non voglio vedere il rossetto, questi ricci sono ridicoli, a chi vorresti piacere con questo profumo? » Oppure: « Sei troppo civetta, non sei assidua alla Comunione, ti vorrei vedere più devota in chiesa ». Era mio padre il direttore della morale in casa e controllava che venisse osservata. Comprendeva, questa morale, le unghie pulite a tavola, la lunghezza delle gonne, il colore del rossetto, perfino il numero di sorrisi che potevamo fare a un ospite maschio. Non importava che fosse giovane o vecchio: il pericolo c'era sempre, secondo lui. Né era tollerata alcuna eccezione, neppure con zii o cugini.

Una volta, in occasione di non so quale festa, mi lasciai prendere sotto braccio da un giovane e, a un certo punto, per sentirmi grande, gli appoggiai una mano sulla spalla come avevo visto fare ad altre persone. La sera, davanti a tutti, ebbi delle osservazioni da mio padre sulla scarsa eleganza di quel gesto, sull'intimità che avevo permesso a quel mezzo sconosciuto. Predicò che di questo passo avrei dato preoccupazioni alla famiglia, che sarebbe stato necessario mettermi in collegio. E vedendo che non reagivo con sufficiente contrizione aggiunse che non avevo senso morale né sapevo distinguere il bene dal male.

La mamma in tutto questo stava zitta, piangeva ogni tanto, guardava il suo armadio della biancheria, contava le conserve e le marmellate chiuse dentro un altro armadio e ricamava a punto in croce.

Aspettò che mio padre fosse vecchio, che gli mancassero le forze, per vendicarsi di quanto aveva dovuto sopportare. Non perse l'occasione per il resto dei suoi giorni di rinfacciargli qualcosa – mai dei fatti reali, quelli veramente accaduti – ma ombre di ombre. Con un rancore costante, insaziabile, con veleno quotidiano gli fece pagare ogni cosa, ogni occhiata a un'altra, ogni bacio, ogni carezza, ogni abbraccio. Gli rinfacciò il sole se c'era bisogno di pioggia, il vento e il temporale se lei s'aspettava bel tempo; se le rose venivano male era colpa di lui che non aveva procurato il concime, se mancava l'acqua calda era lui che in qualche modo l'aveva fatta raffreddare. Se d'estate in casa c'erano mosche era lui che aveva tenuto le finestre aperte, se le pere marcivano nella dispensa dipendeva da lui che non aveva ordinato i lavori per renderla più ventilata.

Per lunga parte della vita era stato il più forte, quello che aveva comandato tutto e deciso tutto; nella vecchiaia la più forte fu lei perché più giovane e più in salute. Ma corro troppo, corro avanti. Accadde prima, molti anni prima, l'episodio che fece andare male la mia vita. Fu l'ultimo anno di guerra, la prima guerra.

STAVAMO, a quel tempo, nell'orribile villaggio austriaco, a mille chilometri da casa, dove eravamo stati sfollati. Benché la nostra sistemazione fosse più felice di quella dei compaesani, il luogo era povero e triste: grigi fabbricati di non so quale industria allungati dietro la misera cittadina, con prati paludosi che diventavano di fango in autunno e primavera. Più lontano le baracche degli sfollati che morivano come mosche, di malattia, di nostalgia e anche perché erano quasi tutti vecchi, donne e bambini. Noi, che eravamo ben vestiti e sapevamo il tedesco, eravamo rispettati e ben trattati; loro no. Parlavano tutti della casa lasciata, anche chi neppure l'aveva. Si consolavano raccogliendosi attorno ai preti che dicevano Messa con la predica in italiano. Qualcuno riuscì a combinare qualche buon affare, altri – qualche ragazza – trovò da sposarsi, ma per il resto la gente delle baracche non riuscì a mescolarsi con quelli del paese.

La mamma visitava i malati e noi dovevamo accompagnarla. Facevamo maglie e calze per i soldati. Avevamo un piccolo orto intorno alla casa, una vera casa per noi, non una baracca, probabilmente per qualche intercessione dall'alto. L'orto però veniva regolarmente depredato e venivano rubate le uova delle nostre sei galline, di notte. Ci rivolgevamo perciò a conoscenti e parenti che mandavano pacchi sempre più poveri via via che la guerra andava avanti. Finché cessarono del tutto e noi, come gli altri, ci dedicammo al baratto con i contadini dei dintorni. Nelle baracche funzionavano delle scuole ma noi avevamo la governante che ci dava lezioni. E tuttavia, benché la mamma avesse cercato di ricopiare perfettamente lo stile di vita di casa, e se non proprio lo stile almeno gli orari, i ritmi e i modi, c'era più libertà. La guerra, il disordine dello sfollamento, la necessità di uscire ogni giorno per trovare da mangiare avevano aperto numerose falle nell'organizzazione delle ore programmata da nostra madre. D'improvviso si poteva, anzi si doveva, parlare con la gente in strada, anche se erano uomini, e magari bisognava andare con loro in qualche posto a cercare mangime per i polli o legna per le stufe.

In estate avevamo più ore libere, con poco studio: c'era allora il laghetto, più stagno che lago, un po' fuori dal paese, con canne intorno e anitre cui i soldati la sera sparavano, con alberi che facevano ombra e qua e là spiaggette di sabbia grossa dove era bello scendere in acqua. Ci andavamo portandoci qualcosa per il pranzo, pane nero tagliato a pezzetti perché da rompere con i denti era troppo duro, pannocchie di mais lessate e prugne dell'albero nell'orto. Andavamo con gli asciugamani e con i nostri grandi costumi da bagno, ingombranti in acqua, complicati da indossare. Non c'era quasi mai nessuno, perché la gente delle baracche non sapeva nuotare e gli abitanti del villaggio preferivano non mescolarsi con gli sfollati, neanche con noi.

Gli unici che venivano erano i soldati della guarnigione, ma ci dicevano solo buongiorno e buonasera. Se eravamo da sole e trovavamo lì qualche militare, non ci spogliavamo nemmeno: ci limitavamo a sederci sulla riva con i piedi nell'acqua scura per evitare quegli sguardi, anche se lontani, pesanti su di noi a spiare ogni movimento. Del resto anche così vestite ci fissavano per ore, in attesa che la gonna salisse un poco a mostrare le caviglie. Qualcuno, più coraggioso, tentava di attaccare discorso, due parole sul tempo, un complimento, ma non potevamo rispondere, nemmeno chiacchierare un po'. Andavo anche da sola al lago, quando il caldo opprimeva, ogni volta che riuscivo a sfuggire a qualche incombenza di casa, alle eterne calze da sferruzzare, alle visite nelle baracche.

Scappai lì una mattina e non c'era nessuno, pace perfetta che non volli rompere cercando di scivolare in acqua senza tonfi, nuotando con il minimo rumore per non attirare l'attenzione di alcuno che passasse di lì. Fu una buona mattina sottratta alla sequenza delle giornate piene di doveri.

Suonò l'orologio della chiesa del paese, dodici colpi attutiti dall'afa; e uscii in fretta dall'acqua perché, nonostante gli sconvolgimenti, la mamma si era riattaccata agli orari come a un'ancora di salvezza e pretendeva che li rispettassimo anche più che a casa, per dare una sembianza di ordine alla nostra vita profuga e sradicata. Di corsa presi i vestiti ripiegati sotto l'albero, mi asciugai per poterli indossare senza che mi si appiccicassero addosso, poi dietro i cespugli cominciai a togliermi il costume da bagno. Certo, se avessi fatto come la mamma e la governante mi avevano sempre raccomandato, niente sarebbe successo. Dicevano che per cambiarsi bisognava prima mettersi sopra il vestito e poi, sotto la gonna come sotto una gran tenda, piano piano senza troppo muoversi, far scivolare giù il costume. In modo da impedire anche a se stessi di vedere il proprio corpo. Ma non avevo seguito questa regola.

Mentre ero già mezzo spogliata, alzai non so come la testa, attirata da qualcosa, un rumore, una mossa dell'aria, forse un respiro. C'era un soldato a tre metri che mi guardava, accaldato, la giacca sbottonata, la camicia aperta.

« Vai via », gli comandai dopo averlo fissato spaventata.

« No. »

« La prego, vada via. »

« No. »

« Allora si giri. »

« No. »

« Per favore. »

« Per favore no », rispose.

E allora, invece di avere paura, invece di tirarmi su alla meglio il costume, invece di buttarmi addosso il vestito e di scappare verso casa, rimasi ferma e piano piano, sotto lo sguardo del soldato che mi fissava serio e attento come fosse stato in chiesa, finii di togliermi il costume rimanendo nuda del tutto. Poi, sempre con calma, mi rivestii, la biancheria pezzo per pezzo, le calze, le scarpe e mentre lo facevo ero contenta che mi guardasse, anzi una o due volte sollevai gli occhi per guardarlo in faccia anch'io. Alla fine, quando fu chiuso l'ultimo bottone della camicia, tremavo tutta, rossa in viso probabilmente, scombussolata. Ma non mi ero vergognata, mi sentivo spavalda come mai lo ero stata, dispiacendomi quasi quand'anche l'ultimo nastro fu allacciato. Scappò via, il soldato, più impaurito di me; fui dunque libera di prendere la strada di casa in forma migliore di quando ero venuta, guarita da quello sguardo di tutti i miei piccoli mali, le miserie, le malinconie, le invidie, le insoddisfazioni di ragazza. Restava un dispiacere: che mai avrei potuto parlarne con nessuno.

Ferma impalata, a pochi passi di là, trovai mia sorella che doveva essere arrivata a chiamarmi per il pranzo, in silenzio perché né io né lui l'avevamo sentita venire. Crollò subito il mio benessere e se ne andò la fierezza: aveva assistito alla scena, aveva visto tutto, spiato il mio segreto. Schifosa mi sembrò allora la mia felicità, tremendo il mio comportamento. Naturalmente non disse niente, condannandomi a stare zitta a mia volta, ma il suo silenzio mi parve diverso dal solito, imbronciato, spaventato, non più quel quieto tacere un po' distratto attraverso i giorni. Mi misi a correre – e lei dietro – perché l'affaticamento del corpo scacciasse i pensieri, perché non vedesse che ce l'avevo con lei. Con la sua presenza mi aveva avvelenato la mattinata, distrutto con uno sguardo quel segreto di adulta.

Che Clara potesse parlare con qualcuno non lo avevo preso in considerazione. Invece raccontò tutto e chissà cos'altro ed è da allora che sono diventata la cattiva di famiglia, un po' soltanto nella loro immaginazione, un po' davvero perché non si sono mai aspettati altro da me. Fu la fine dell'amicizia con Clara e anche se più tardi cercai di ricucirla non ci riuscii più, estraniata dalla lunga distanza e dal tanto tacere. Fui chiamata da mio padre quando venne in licenza e rimproverata a lungo. Più andava avanti il discorso più il mio peccato cresceva: non bastavano più, come mi ero immaginata, due parole al confessore e un atto di dolore per mettere ogni cosa al suo posto. Mi girava la testa, disorientata dalla dimensione del mio misfatto che avevo considerato poco più di una bugia, di una lite con mia sorella, di un furto di frutta in tempo magro di guerra. «Oltretutto sei la maggiore, dai il cattivo esempio a Clara, anzi l'hai scandalizzata con il tuo comportamento.»

Non avevo niente da rispondere, ero paralizzata, senza capire più nulla delle regole della vita. E nemmeno mi venne in mente come m'aveva scandalizzata mio padre con la maestra di musica, con la signorina inglese e con la cugina di mamma: solo più tardi me ne ricordai ma il suo furore era stato tale da far sembrare il mio peccato più grave del suo, forse perché io ero giovane. Cercai di giustificarmi, di dire che non sapevo, che non avevo pensato a niente di male, che era andato tutto così in fretta, ma la vergogna di parlare di quella scena, la vergogna di parlare in assoluto di queste cose, tolse forza alle mie parole che suonarono vuote e poco convincenti. Mi sembrò di affondare travolta dal mio peccato, dal tradimento di mia sorella e dall'ira di mio padre.

Pareva che tutta la casa sapesse del misfatto. La mamma di certo era stata informata, ma taceva perché di argomenti delicati taceva sempre, mai neanche una parola che potesse scivolare sotto il vestito, sfiorare il corpo nudo, mescolarsi a cose di sesso. Sentivo però su di me il suo sguardo sgomento, di chi si trova alle prese con un estraneo, un personaggio mai visto prima, sconosciuto, un po' pericoloso. Ma almeno con lei potevo stare tranquilla perché avrebbe continuato a far finta di niente. E se mai io stessa avessi avuto il coraggio di tornarvi sopra, lei avrebbe mostrato di non capire, cambiando in fretta discorso. Peggio mi andò con la governante che sentiva il vento come un cane: s'era accorta della furia di mio padre e su di essa si orientava, forse sapendo, forse no. Sta di fatto che mi controllava in modo ossessivo, pignola per ogni cosa, dal vestito al mangiare, allo studio e alle preghiere, come fossi stata da rieducare.

Anche in cucina, dove sempre mi ero trovata bene, sentivo sguardi diversi dal solito, diffidenza come per chi non era più dei loro. Naturalmente di andare al lago da sola non fu più questione, e neppure con mia sorella: soltanto con la mamma o la governante, e anche allora dovevamo bagnarci con estrema cautela. Se c'era qualcun altro – Dio non volesse un soldato – non ci si poteva spogliare e i nostri immensi e castigati costumi rimanevano asciutti nella borsa.

Quel soldato che mi aveva guardato non lo vidi più, da nessuna parte, benché scrutassi ogni militare che incontravo. Avrei voluto rivederlo perché lo sentivo amico, l'unico in quel momento. Più tardi riconobbi, o credetti di riconoscere, il suo viso sul giornale, tra le foto dei caduti. Josef si chiamava, oppure Anton, non ricordo. Ebbi la tentazione di mostrare il giornale a mio padre, affinché potesse mettersi il cuore in pace, ma lasciai stare per evitare che si rinnovasse il ricordo accompagnato da nuove recriminazioni.

DI RITORNO a casa dopo la guerra cominciarono a cercar marito per me, anche se avevo diciassette anni. Ci furono inviti, tè in salotto e merende in giardino – per i balli non c'erano i soldi – affinché i « due giovani potessero incontrarsi », come dicevano i grandi. Una dei due giovani ero io, l'altro uno sconosciuto, almeno per me.

« Cercano di sistemarla perché non combini qualche altro guaio », sentii dire da una delle domestiche che, vedendomi arrivare, continuò il discorso sul medesimo tono, ma passando a parlare di tutt'altra cosa. Divenni rossa, né ebbi la disinvoltura di continuare a venire avanti come se niente fosse: mi fermai e scappai via. Trovai riscontro a quelle parole nella sorveglianza che mi fu riservata, molto più di prima della guerra. Sparì dalla biblioteca di casa una guida turistica con statue nude, greche e romane, che avevo consultato in passato. Sparirono dal corridoio buio dove erano state relegate certe stampe con donne un po' grasse, semisdraiate con vesti aperte, intorno alle quali si agitava un giovane con bocca rossa e occhi languidi.

Cambiò anche il rito del bagno al sabato sera, nella tinozza grigia che la cameriera trascinava nella nostra camera e poi riempiva con tre, quattro brocche di acqua calda. Divenne un affrettatissimo dentro e fuori, senza più tempo per lasciarsi sciogliere nel bel tepore o per strofinarsi con la spugna finché il sangue non circolasse veloce. Dentro, subito insaponata con energia, sciacquata e fuori, immediatamente avvolta nell'accappatoio. Cambiato era anche il luogo del rito, non più dietro il paravento dove c'era il tavolo da toilette con lo specchio sopra, ma nell'altro angolo della stanza lontano dallo specchio. Il paravento andava spostato apposta ogni volta. E la mamma veniva a sorvegliarci, come quando eravamo bambine, affinché la cameriera non trascurasse qualche istruzione.

Il marito me lo trovai io, ma di innamorarmi non mi lasciarono il tempo. Il prescelto non era uno dei frequentatori dei tè di casa: lo conobbi al Lido di Venezia, dove mi aveva invitata una mezza cugina. Fu un viaggio contrastato, dai genitori e da me. Io non volevo andare perché non avevo i vestiti: dopo la guerra eravamo diventati poveri e di abiti nuovi non era il caso di parlare. Avevo paura di presentarmi come una paesana, male acconciata, fuori moda, infagottata nelle mie terribili vesti della domenica che in paese ancora facevano una certa figura ma che non avrebbero retto appena fuori dai nostri confini. Quanto al papà disse subito di no, perché la sorveglianza in quel luogo gli pareva insufficiente. « Là vivono solo italiani », argomentò, « più intraprendenti di noi e con meno senso morale. Tornerebbe con nuovi grilli nella testa. »

Se ne parlò per settimane e fu la mamma a riproporre l'argomento. Cambiò infine parere papà, probabilmente perché io ero contraria. Andò come previsto: ero orribile nei miei vestiti che mi facevano somigliare a una zia di campagna: malmessi i capelli e modesti i gioielli. Invano avevo frugato tra le mie cose per trovare un abito più adatto, qualcosa che potessi accomodare per farlo sembrare più simile ai modelli che vedevo. Ma non erano solo gli abiti e la pettinatura: tanti piccoli dettagli mi rendevano diversa dalle altre ragazze, al punto da credere che tutte mi indicassero. Le unghie lunghe e lucide per esempio, che io invece avevo opache e tagliate. Oppure il profumo messo dappertutto, anche sui capelli: non ne avevo mai posseduto uno, solo bottigliette di colonia che usavo per bagnare il fazzoletto, come avevo visto fare alla mamma e alla nonna. Le sopracciglia sottili, eleganti, ad arco, depilate, che davano un'aria sofisticata, mentre le mie erano folte, in disordine, tanto da sentirmele come un cespuglio. È vero che quelle altre ragazze avevano anche vent'anni, ma io dimostravo la stessa età e non si sarebbe notata la differenza se non fosse stato per il mio orribile arrangiamento.

Stavo sempre un poco rattrappita cercando di nascondere le mie mani da suora, infelice di essere guardata ma avidissima di guardare ogni dettaglio per imparare il più possibile su come ci si acconcia. Dovetti anche subire l'umiliazione di sentire bisbigliare qualcuno sul mio conto: ridevano di me, queste signorine, e la mezza cugina non mi difendeva, al massimo mi compativa. «Cosa volete, viene dalla montagna. L'abbiamo invitata per fare un po' di bene, non esce mai dalla sua valle.»

Dopo di allora, credo, nessuno mai più fece commenti alle mie spalle per criticare l'aspetto, i vestiti. Imparai tutto, e come imparai. La sera in camera con la cugina facevo fatica a non piangere nel cuscino, disperata per la prima volta, assai più, forse, di quando era accaduta quella cosa sul lago e tutti mi avevano dato addosso. Infelice già per il mattino dopo, all'idea di dover ricomparire di nuovo nel mio modesto abbigliamento. Infelice perfino per le scarpe, quattro paia soltanto, nessuno nuovo, anch'esse con un che di terribilmente comune e campagnolo. Per la notte pazienza, anche se la mia camicia era castigata e quasi senza ricami, non vaporosa di pizzi e scollata come la sua; di notte almeno eravamo pettinate uguali, i capelli spazzolati giù, lei come me, il viso lavato dal rossetto, senza scarpe e senza profumo; ma il giorno mi angustiava.

E più ero infelice più diventavo goffa, troppo formosa rispetto a quelle ragazze filiformi, subito rossa per il sole in viso nonostante i cappelli e i veli. Perduta era la mia disinvoltura e tra la gente parlavo il meno possibile anche per non sentire nell'orecchio il mio orribile accento tedesco che marcava l'italiano rendendolo aspro e duro come una pietra.

Di tutte queste cose Giorgio non sembrò accorgersi, mi guardava come si guarda una donna bella e accoglieva bene qualsiasi cosa dicessi. Non vide il mio rossore, né la goffaggine, le scarpe di paese, i vestiti vecchi, le pettinature fuori moda, le mani da suora, le forme troppo abbondanti. Mi piaceva perché con lui potevo riposarmi, parlare liberamente senza badare all'accento, muovermi senza controllarmi di continuo nelle porte a vetro e nelle vetrine dei negozi, mangiare anche, quanto volevo, di tutti quei cibi deliziosi e sconosciuti che le altre, donne e ragazze, assaggiavano appena, lasciando poi nel piatto e distogliendo il viso annoiato.

Potevo fare quello che volevo e a lui andava bene. Mi piaceva perché era bello da guardare, bruno di pelle e scuro di capelli, finalmente non uno dei biondi senza colore che avevano popolato la mia vita. Non parlava tedesco né sapeva nulla del nostro mondo vecchio e anche questo mi piaceva. Spendeva senza contare, in chiesa si dimenticava di andare e delle buone maniere non gli importava: tutte cose cui non ero abituata. Mentre dico com'era quasi non ci posso credere: se penso come diventò poi negli anni, per effetto mio e della vita. Diventò riflessivo, di chiesa, misurato con i soldi, malinconico, forse triste.

Mi piacque perché inventò una fuga avventurosa per me, affinché lo potessi raggiungere una sera in spiaggia, quando già la cugina dormiva o faceva finta. Senza perdere tempo in parole o baci, mi spogliò subito, e a quell'epoca i vestiti erano complicati da togliere, mi accarezzò a lungo e divenni la sua amante quasi senza accorgermene.

Di innamorarmi non ebbi il tempo, anche perché mi

sembrò di esserlo già subito. Ecco il principe che mi avrebbe liberato dall'incantesimo, sciogliendomi dalla condanna di vivere in quel mondo che mi pareva modesto, ristretto, noioso e senza allegria. Qualcuno che mi trovava eccezionale, meglio di tutte le altre, che non mi controllava, rimproverava, rabbuffava. Allora almeno, perché poi cambiò e cominciò anche lui a trovarmi difetti, a parlarmi a monosillabi o niente del tutto, ascoltando appena quel che dicevo o per niente affatto. A sospirare senza volermi spiegare qual era il guaio che lo tormentava, tenendomi in castigo con cattivi umori senza fine. In più c'era quella mia suocera che rispettava più di me: da lei prendeva ordini, sempre docile, anche se per la maggior parte mi erano contrari. Per lei più che per me erano i suoi pensieri, e ogni desiderio di lei passava prima dei miei.

Ma allora non pensai che a sposarlo, come se fossi arrivata alla fine del cammino, come se potessi sedermi dopo essere stata in piedi per giorni e giorni. Lui invece, nonostante le tenerezze e le carezze, nonostante gli sguardi e i sorrisi, non ne fece parola. E più lui taceva più mi pareva di amarlo, di essere destinata a lui. Ci rivedemmo, in pubblico e di nascosto; non esitò a venire a casa nostra, né l'ambiente sembrò spaventarlo, metterlo in qualche modo a disagio. Nonostante la diffidenza della mamma che non vedeva bene un italiano per me, nonostante gli occhi scrutatori di papà che non perdevano un suo gesto. Allegro si mostrava, leggero e noncurante, come fosse in una bella gita, in qualche luogo piacevole a respirare aria di montagna, in buona compagnia. Io bruciavo e lui non diceva nulla.

Quando era lontano, passavo giorni a non mangiare, ad aspettare il postino, a spremermi il cuore in attesa di una parola. Ma, ancora più di me, aspettava mio padre, il quale aveva deciso che quel fidanzato gli piaceva. Cominciò a tormentarmi con interrogatori, chiedendomi cose cui non volevo rispondere.

« Il nome è buono, ma la situazione finanziaria com'è? E le sue intenzioni? Ti ha parlato? Avete discusso, quando volete sposarvi? »

« Io subito », avrei dovuto rispondergli, « lui non so. » Invece stavo zitta, davo risposte vaghe: « Non so, non ancora, forse è meglio aspettare un po' ».

« Ma i genitori, la famiglia, l'hai conosciuta? »

« Solo sua sorella. È gentile. »

« Forse dovremmo essere noi a invitare i genitori, scriverò una lettera... »

« Per favore no », supplicavo, « ancora è troppo presto. »

« Ma vi frequentate da quasi sei mesi. »

« Ci conosciamo da quasi sei mesi. »

« Non può comprometterti così. » E avanti, ricominciando ancora e ancora.

Continuava a parlare e, poiché da me non cavava niente, passava a mia madre e li sentivo discutere la sera in salotto. Lei per la verità, non molto appassionata, rispondeva a monosillabi, prendeva tempo; lui insisteva, come ossessionato dalla paura che gli sfuggisse un'occasione per sistemarmi. Ascoltando seppi che sulla situazione finanziaria aveva preso informazioni, risultate buone. Quanto mai inopportuna doveva quindi sembrargli l'eventualità di perdere questo genero insperato. Infine non seppe resistere e cominciò a fare viaggi e visite: per tutto quel tempo non vidi più il mio fidanzato, era come sparito e ammutolito. Ma forse non potevo chiamarlo fidanzato: amico, conoscente, sebbene mio amante. Naturalmente tornò vincitore mio padre, in capo a qualche mese di viaggi e visite, portando con sé la preda addomesticata, pronta a fare il suo dovere, né ho mai saputo come fosse riuscito nella sua impresa. Il mio amico fece buon viso a cattivo gioco, forse, anzi di sicuro, un poco mi amava, solo che era giovane, non aveva finito gli studi, ventidue anni appena il giorno del matrimonio.

Io avrei dovuto essere felice e felice fui di sposarmi con lui, solo che mi pareva di essere complice di un imbroglio, vincendo il premio senza aver fatto la gara. E tutto cominciò avvelenato, andò storto quasi subito: diedi la colpa a mio padre che aveva strangolato le mie nozze. Oltre a strangolarmele sul nascere, prima ancora della festa, con i suoi viaggi, le pressioni e i discorsi, me le soffocò anche dopo con la sua presenza.

Fin dal ritorno dal viaggio di nozze, cominciò a venire a Venezia, dove prima non era stato più di una volta all'anno. D'improvviso sembrò trovarsi bene tra gli italiani. Ogni pretesto era buono per una visita: veniva per un teatro, un balletto, un'esposizione, perfino per affari, anche se non sapevo immaginare quali affari potesse avere a Venezia un uomo di campagna. E mia suocera – cortese in questo – lo ospitava. Affascinava perché era un uomo brillante, mio padre, sapeva fare conversazione in tutte le lingue e corteggiare le signore, come sempre del resto. Ma ero a disagio io che non potevo essere come volevo, libera dalle mie soggezioni, e mi ritrovavo tesa, in ansia, come se fossi stata ancora a casa mia. Anche se in verità a Venezia voleva far dimenticare di essere il padre: aveva un tono diverso, complice, io e lui insieme in libertà, lontani dagli occhi severi della mamma, la quale, chissà come mai, non lo seguiva in queste visite, mentre prima, quando il viaggio capitava una volta all'anno, lo accompagnava sempre. Non passava mese che egli non venisse e in famiglia pensavano che fosse per affetto della figlia. Io credevo che le sue fossero visite di controllo, per vedere come mi comportavo, lui che negli ultimi anni era sempre stato in apprensione per la mia reputazione. Veniva invece perché aveva una liaison con mia cognata, sorella maggiore di mio marito, ventotto anni, ancora nubile.

Ci fu uno scandalo con parole amare a non finire e io naturalmente venni accomunata al colpevole. La ragazza fu mandata a vivere da una zia a Trieste, dove mio padre l'andò a trovare clandestinamente due o tre volte, poi più: il viaggio era troppo lungo, sei-sette ore di treno. Me lo raccontò in seguito mio marito. Mia suocera non mi perdonò il comportamento di papà e finì col trattarmi nello stesso modo in cui lui mi aveva trattata negli ultimi anni: come una sciagurata, irresponsabile, di scarsa morale.

Fiumi di discorsi nacquero da questa storia e per mesi, forse anni, ogni volta che entravo in una porta, subito tutti ammutolivano. Sapevo di cosa parlavano, sempre di quel mio padre semincestuoso che era riuscito a produrre per me un fratellastro-nipote. Perché ci fu anche questo; anzi proprio per questo la storia fu scoperta e la fuga a Trieste avrebbe dovuto mascherare il fatto. Probabilmente anche la mamma seppe, perché tutti sapevano, ma, secondo la sua abitudine, non parlò mai, con nessuno, ingoiando ancora una volta l'offesa.

RIPENSO a quella vita come a un'altra vita, non più la mia, troppo lontana, estranea. Ho poche foto di allora, le altre sono rimaste in quella casa: in tutte sono vestita molto bene, perché vestiti, davvero, me ne concedevano con generosità. Di viso invece sono malmessa, con un sorriso finto, come ghiacciata, rigida e quasi dovunque troppo grassa. Ma era già la gravidanza, di cui le foto rivelano che non ero tanto felice. Fu infatti voluta, desiderata, praticamente ordinata dagli altri. Andò come per il matrimonio.

Poiché dopo due anni dalle nozze ancora non succedeva niente, nonostante gli accenni frequenti della suocera, di papà e mamma, mi si parlò ufficialmente, e anche a mio marito, ma più a me. Fui mandata dal dottore, poi dal parroco, quindi mia madre fece un viaggio per trattare l'argomento. Potevo dire loro che mio marito, assai presto dopo il matrimonio, aveva perso il gusto per me e preferiva certe cameriere, certe commesse, non più belle di me e neppure tanto più giovani, ma forse meno campagnole, meno ingenue di me? Lo so perché lo sorpresi in una camera degli ospiti fuori uso dove l'umidità aveva rovinato la tappezzeria azzurra che mia suocera da parecchio si era proposta di far restaurare: era dunque nel letto con l'aiutante di stireria che, invece di scappare, rimase lì, non so se paralizzata dallo spavento o per impudenza. Chiusi la porta e rimasi a guardarli, e a lui piaceva che io li guardassi.

Dopo di allora egli sembrò essersi riacceso per me e spesso mi pregava, ma io avevo una specie di disgusto, o forse di orgoglio. Normale che in tal modo la gravidanza si facesse attendere.

Potevo io dire queste cose a chi mi pressava ricordandoci il dovere? Non potevo; e invece lo feci, tralasciando quell'ultimo particolare nella camera degli ospiti. Rimasi zitta con il parroco e con il dottore, ma lo dissi alla mamma e alla suocera.

« Parlate con lui, non è colpa mia se preferisce Vittorina o la commessa della guanteria! »

« Cosa intendi? »

« Quello che ho detto. »

« Sciocchezze. E poi una moglie conosce tanti modi... »

« Chiedetelo a lui. »

Ci fu costernazione: da mio marito mandarono a parlare suo padre. Cosa gli disse non so, ma secondo il desiderio delle due famiglie rimasi incinta. Non per questo, però, acquistai meriti o benevolenza maggiore di prima. Non erano piaciute le cose che avevo detto, non sono cose che si dicono. Scontento di me, e diffidente, da allora rimase anche mio marito che mi ripagò lasciandomi sempre più sola. Mi consolò il bambino, ma più di un bambino avevo bisogno di un marito. Per qualche tempo comunque mi parve che tutto si potesse aggiustare. Anche perché il piccolo piacque molto a Giorgio che gli dimostrò grande tenerezza e, più tardi, gli fu vicino sempre, da buon padre.

Nelle estati, quando Venezia si riscaldava, portavo il bambino a casa nostra, su nel fresco. D'improvviso mi ci trovavo bene, forse per via del piccolo che a me faceva compagnia e gli altri si contendevano. Forse perché una signora con figliolo è rispettabile per forza, tanto da far dimenticare i sospetti nel suo passato. Forse perché il matrimonio era stato un po' una delusione e anche gli anni di Venezia non mi avevano portato vera felicità. Tutto comunque mi sembrò migliore di prima lì a casa. Perfino le montagne, le alte montagne scure che chiudevano la vista, mi parevano meno tristi di un tempo, meno opprimenti, meglio di tutto quel mare che all'inizio mi aveva attirato. Quando ancora non abitavo a Venezia ma vi andavo di tanto in tanto, il mare mi era parso promessa di tutte le cose che non avevo avuto: libertà, divertimenti, amore. Poi, un poco alla volta, era venuta la disillusione.

Quando il bambino ebbe due anni e mi preparavo a passare la seconda estate a casa dei genitori, giunse la notizia che Clara si era fidanzata. Ero contenta per Clara, e tuttavia mi sorprese la scelta del fidanzato. Non nel senso che lei avesse scelto lui, poiché aveva fama di essere affascinante e di bell'aspetto, con mezzi anche, mescolato a storie di signore già da molti anni. Ero sorpresa che lui avesse scelto lei, della quale nessun male si poteva dire, ma che neanche era nota per qualche dote particolare, fascino, o bellezza, o estro artistico, e men che meno ricchezza. « Dimessa » era la parola che andava bene per mia sorella, non in senso negativo, ma neppure positivo.

Non brutta, non posso dirlo, lunghi capelli scuri e scuri anche gli occhi su una pelle pallida, magra molto, oppure snella se si vuole usare un termine più grazioso, non alta, gambe quasi secche e vestita in modo che solo in campagna poteva sembrare elegante. Un tipo un po' insignificante, l'avrei definita io, anche se con un certo carattere. Per carità, non cattiva, intelligente, ma quest'intelligenza non la usava per sistemarsi in modo un po' più gradevole. Passioni particolari non gliene avevo mai conosciute, tranne quella sua malinconia, inconsolabile malinconia, ma non so se si poteva chiamarla passione. Non sapevo neppure se fosse interessata in qualche modo agli uomini: a confidenze di questo genere non ero mai riuscita a spingerla. Del resto, a quei tempi, non interessava a nessuno se a una ragazza gli uomini piacessero tanto o poco; era indifferente, non se ne parlava. Ma neppure vedevo cosa in Clara potesse attirare un uomo, almeno uno come quello che le era toccato. Sapevo che, nonostante quella sua aria di vecchia ragazza, anche lei un giorno si sarebbe sposata, ma pensavo a qualcuno diverso, un po' come lei, magari un uomo maturo, posato, con qualche interesse di studio: un naturalista, un esperto di araldica o di storia della Chiesa.

Forse avevo sbagliato a giudicare Clara, avevo tralasciato qualche lato del suo carattere, per esempio le sue doti di cuore: era generosa probabilmente, riflessiva, saggia, anche fantasiosa benché dall'esterno non si notasse. Certamente ingenua, innocente. Anzi innocentissima dal punto di vista delle cose d'amore. Di sicuro mai baci a nessuno, neanche abbracci. Forse neppure io l'avevo mai vista nuda dopo i sei-sette anni. Leggeva molto, aveva un suo mondo, era di chiesa. Sistemata bene, vestita come si deve, avrebbe fatto anche lei la sua figura, ma succedeva di rado.

Forse un uomo così, dalle molte avventure, cercava un po' di quiete con un matrimonio ragionato; dopo l'agitazione di tante donne voleva una moglie tranquilla, buona madre, buona padrona di casa. Sì, qualcuno faceva così, ma erano matrimoni nati dal calcolo, forse suggeriti dai genitori. « Mettere la testa a posto » era un progetto che tanti avevano, ma pochi riuscivano a realizzare, per le difficoltà di adattarsi a un'esistenza più saggia. Immaginai che mia sorella fosse invidiata da molte, forse anche da me: per la scelta dello sposo, ma soprattutto per il fatto di essere fidanzata con le illusioni ancora intatte.

Conoscendo però un poco quel tipo di uomini, io sapevo che la aspettavano tempi difficili. La sua vita sarebbe stata una continua rincorsa, per essere all'altezza delle belle del passato, con occhi sempre puntati sulle possibili concorrenti. Avevo l'impressione che mia sorella si fosse scelta – ma poi, l'ha scelto lei? – un marito troppo somigliante a nostro padre.

I genitori comunque erano contenti perché di lui si sapeva tutto, fin su nelle generazioni, quello che avevano fatto il nonno e il bisnonno. Ci si curava anche del carattere, dell'accordo tra i due, ma più a parole. Le prime cose che si guardavano restavano la famiglia, la nascita e il denaro. Sosteneva papà che essere innamorati era una bella cosa, ma non necessaria e qualche volta perfino di intralcio. Meglio dunque non amarsi, essere amici, e il matrimonio senz'altro sarebbe andato bene. Queste cose non le disse allora, ma dopo, quando capitò il fatto. E continuò ad affermare che se Clara fosse stata meno innamorata l'infelicità sarebbe pesata meno.

Contenta fui dunque anch'io, per mia sorella e perché succedeva qualcosa. Ciò che mi piaceva era quell'atmosfera di preparativi per un uomo. In casa, dove all'infuori di mio padre eravamo tutte donne, c'era quest'aria, come di un Natale in arrivo, speciale e fuori stagione. Più elegante si era fatta la mamma, con una pettinatura che mi sembrava nuova, gonfia, meno severa del solito. Di Clara neanche a parlare, con dei nuovi vestiti color pervinca, verde chiaro, bianco, stretti bene ai fianchi, che erano magri come di un ragazzo, ma almeno, fasciati così, li si vedeva. E, altra novità, aveva cominciato a usare il profumo, un'acqua di colonia cioè, roba buona per una nonna, una zia anziana, ma sempre meglio del vago odor di sapone di prima.

Perfino la cuoca, che aveva poche speranze di vedere in faccia il fidanzato, si faceva notare curando di più i piatti. Sulla scelta dei cibi poteva fare poco perché era la mamma che stabiliva, ma in tavola cominciarono ad arrivare vassoi più ornati del solito, con limoni ritagliati a spirale, a corona, a cupola, con ricci di carta sugli ossi del pollo, con impanature più colorite, più croccanti. Un messaggio che ci mandava – o gli mandava – come per dire: io non posso decidere nulla, ma questo è il mio omaggio...

E perfino Beppina, la sciatta Beppina, giovane ma brutta e con un gran naso, incominciò a mettersi più carina. Tirò fuori certi grembiuli speciali, piegati tutto l'anno nell'armadio, che le davano un'aria pulita, fresca. Anche se da tempo noi donne di casa non avevamo più molto da dirci – almeno io che ero via da parecchio, un poco estranea già prima di andare –, la comune attesa di un uomo ci unì di nuovo.

Fu curata anche la casa: odor di cera in ogni stanza, fiori dappertutto. Argenti puliti, soprammobili buoni tolti dagli armadi, assieme alle cineserie solitamente riposte, timorosi come si era che le « bambine » potessero romperle. Le bambine avevano passato i vent'anni ma la precauzione rimaneva valida. Entrava luce in casa, aperte le porte tra una stanza e l'altra, mentre di solito nostro padre girava su e giù a chiudere gli usci. Aperte le finestre, anche gli scuri, che io conoscevo soltanto socchiusi perché la mamma temeva il sole sulle stoffe di tende e divani, e perché il papà sospettava che da fuori tutti volessero guardare dentro. Accese le luci in abbondanza, la sera, senza preoccuparsi del risparmio di corrente che sempre ci era stato predicato. Quasi ridente, insomma, la vecchia casa cupa con i profumi di fiori che la sera entravano in camera e mi struggevano di nostalgia per chissà cosa.

CONTAGIATA da quell'atmosfera di preparativi, non fui da meno: da Venezia mi feci mandare qualche vestito dei migliori, di quelli che mai portavo con me quando tornavo a casa, perché erano troppo eleganti, inutili nella nostra campagna. Partecipavo con entusiasmo a quel Natale fuori programma e, se fossimo state sorelle in un'altra famiglia, avrei parlato con Clara, le avrei chiesto: « Com'è, dove l'hai conosciuto, cosa ti ha detto, come ti ha chiesto di sposarlo, sei contenta, ti piace? » Oppure: « Fammi vedere una sua foto, com'è la sua voce, ti ha baciato già? » Invece non si poteva, era proibito. Non so se così voleva una legge della nostra famiglia, una di quelle regole per cui non si doveva parlare di amore e di simili cose, o se solo tra noi due la voce si era paralizzata.

Dalla mamma neppure ebbi soddisfazione: « Clara ha scelto una persona degna che la farà felice », fu il suo commento. Conobbi presto la persona degna, la quale oltre che degna mi sembrò anche bella, della bellezza un po' selvatica e irregolare che piace alle donne, allegro e malinconico insieme. Ricordo la prima volta che lo vidi: mi piacque, e se stavo accanto a lui, senza parlargli, senza toccarlo, sentivo la sua presenza, ingombrante, come quella di un animale un po' pericoloso che mi stesse studiando. Non era il profumo, né l'odore o il respiro, ma il suo pensiero, e il corpo. Come di notte in una stanza, nel buio profondo e nel silenzio assoluto, subito si capisce se c'è un'altra presenza, così io, senza vederlo né sentirlo, avrei potuto tratteggiare la sua sagoma nel punto esatto in cui si trovava. Dipendeva da me? Ma con altri non era successo. O era lui che faceva quell'effetto, su tutte?

Avevo scambiato con lui tre parole, non sapevo niente

di lui, ma già lo sentivo in continuazione, con me di notte, con me di giorno, in cucina e in campagna, nel salotto dai divani rigidi o a passeggio con il bambino. Mi seguiva la sua presenza perfino se stavo a parlare con Giorgio, o anche con Clara, ma la evitavo, per evitare lui. Come un'ombra, uno strascico, una malattia, mi stava dietro, non lui di persona, ma la sua figura nella mia testa, il pensiero di lui.

Peggiorò la malattia perché cominciai a parlare con lui; o meglio con quella sua presenza, somigliante a un tratto di aria solida, più calda dell'altra, più pesante, più ingombrante, viva. Sette, otto, dieci volte al giorno attaccavo con lui una muta conversazione, e ancora più spesso di sera o di notte; parlavo e lui rispondeva quel che immaginavo io, come un burattino mosso da me. Mi diceva cose che gli altri non dicevano, non banali come fanno gli uomini di solito, parole speciali, su misura per me. Parole che non avevano vocali o consonanti, che dunque non saprei ridire, ma che mi suonavano direttamente nel cuore senza passare per le orecchie né per il cervello.

Favorita dal fatto che egli parlava assai poco, e con me quasi niente, potevo far durare ore le nostre conversazioni. E per quanto fossi io a inventare domande e risposte, capitava che ogni tanto qualche sua frase arrivasse inaspettata, mi meravigliasse quasi. Come una pianta che, non potendo crescere in altezza, si sviluppa in basso, striscia per terra, si allunga dove non si vede, così ero io. Innamorata di lui senza speranza di niente, vivevo dentro le fantasie. Così mi dico oggi, ma allora no. Allora pensavo dipendesse da un mio particolare stato d'animo, incerta su cosa pensare della nuova gravidanza, anzi per niente contenta, tranne che nel corpo. Anche Giorgio ne avrebbe fatto volentieri a meno perché l'erede del nome c'era già.

Furono settimane di inaspettata e immotivata felicità.

Pensavo allora che fosse per l'eccitazione della novità, per il fremere dei preparativi, per i vestiti, le prove, il movimento che c'era in casa. Invece era per l'amore, anche se non lo sapevo. Né avrebbe dovuto esserci per me alcuna felicità perché non era la mia festa, non toccava a me, non mi spettavano una parola né uno sguardo. Soltanto un sorriso da cognato, due o tre parole buttate lì giusto per la cortesia, oltre le mie conversazioni segrete e la mia percezione di lui.

Erano così forti, le mie fantasie, così vere, che non volevo altro. C'era poi quella calamita, non so se chiusa dentro di me o dentro di lui, che dopo un po' cominciò ad attirarci, portandoci a essere sempre più vicini, a sederci accanto a tavola, a prendere insieme una porta, a uscire l'uno dopo l'altra in giardino, a trovarci per caso, di continuo, a pochi metri, o centimetri. No, lui non mi guardava, ma non potevo credere che non pensasse a me. Non faceva un passo verso di me, non una parola più del necessario, non uno sguardo, nessunissima attenzione: era indifferente ma fingeva. Lo sapevo, lo so. Quella presenza che sentivo di lui non poteva non sentire la mia. Nelle fantasie che avevo di noi, ero più bella, più giovane, vestita meglio, più provocante; piena di ironia e grazia, modesta e audace insieme, appassionata e seducente. Probabilmente sognavo anche lui meglio di quanto non fosse.

Del resto, tranne il suo viso, un po' pesante come di bambino che non ha dormito, le sue mani morbide e maldestre, il suo corpo un po' lento nei movimenti distratti, la sua voce posata, tranquilla, distaccata, non conoscevo niente di lui, né com'era né cosa pensava. Poteva essere uno sciocco e io non lo sapevo. Ma no, sapevo tutto, non per nulla ero stata a guardarlo giorno per giorno, cercando di accaparrarmi ogni sua parola, tentando di isolare dalla conversazione ogni brandello di frase: mettevo tutto come pietre preziose dentro un sacchetto e la sera lo rovesciavo sul letto per contemplare di nuovo il contenuto, esaminarlo pezzo per pezzo, riordinarlo, contarlo e ricontarlo per stabilire se ero già diventata ricca o dovevo ancora aspettare.

Avevo poco da raccogliere io, almeno di quanto potessi considerare mio, e non di mia sorella o di qualcun altro della famiglia: un buongiorno e buonasera quasi sempre, qualche volta il casuale, fuggevole inciampo di una mano, di un braccio, che però io classificavo come carezza. In più c'erano le fantasie, i dialoghi senza voce che di notte, in attesa di prendere sonno, venivano ripassati, abbelliti, perfezionati, rivissuti.

Invidiavo mia sorella? La detestavo? Volevo soltanto che non ci fosse, che cambiasse idea, si lasciasse tempo per aspettare un altro fidanzato. Ma questi pensieri erano un gioco della mente, non mi accanivo, cercavo di immaginarmi come sarebbe potuto essere se non fosse stato fidanzato con lei, se non fossi stata sposata, con un bambino e incinta di un altro. Anzi, avrei voluto essere incinta, ma di lui, e mi figuravo che fosse così. Mi ero fatta un mondo per me, ridicola, già donna da un pezzo, ancora come un'adolescente. Durò a lungo quel gioco, e quando il bambino nacque lo trovai somigliante a lui. Fu il figlio amato di più, ma anche il peggio riuscito.

Esaurite le conversazioni, anche, sì, i discorsi d'amore, le interminabili schermaglie che – in sogno – ci avvicinavano sempre più, arrivarono gli abbracci, le carezze. Me ne regalavo poche per volta, perché non fosse subito tutto finito. Procedevo con cautela, perché durasse all'infinito. La sua testa sulla mia spalla, qui, nell'incavo della clavicola, sento sulla pelle la sua guancia un po' ispida perché è già sera, la sua mano che va lieve, non più maldestra, la mia mano che cerca di scoprirlo per riconoscerlo, sentire com'è fatto, sapere i suoi segreti che non mi mostra quando gira per casa, dietro Clara, estraneo, intoccabile, non mio.

E Clara? Era sicura di sé come non l'avevo vista mai, giustamente felice. Non potevo non sentire i pensieri che mi suggeriva: vedi, dopo tutto la mia modestia è stata premiata. Non ti sembra che il mio fidanzato sia meglio di tuo marito? Non piace forse anche a te? Il nostro sarà un buon matrimonio, non come il tuo che scricchiola già. Tu, che hai in mente vestiti e divertimenti, non sai cosa sia l'amore vero. Un poco ti compiango, mia povera sorella, perché sono stata più fortunata io. Non essere invidiosa però, hai un bel bambino, e poi hai passato l'età delle passioni. Non una parola usciva dalla sua bocca, mi sorrideva anzi, ah come mi sorrideva, e i discorsi erano solo dentro la mia testa.

Venne però il giorno in cui ebbi l'impressione che anche lui potesse vivere le mie stesse fantasie. Era già la bella stagione, non tanto lontano dal tempo delle nozze, ed eravamo in giardino. Noi donne raccoglievamo fiori di tiglio per le tisane dell'inverno, ciascuna con il suo cesto, e gli uomini stavano seduti intorno. C'era anche qualcuno del personale, forse Beppina, forse la cuoca uscite di casa per aiutare.

E quando il mio cesto fu pieno mi sedetti vicino a lui sulla panca di legno bianco con la ghisa dei piedi e dei braccioli verde vivo, come le foglie. Dall'altra parte c'era Clara e non stavamo tanto larghi. Ricordo il vestito che avevo, non bello granché, da lavoro, adatto all'andare su e giù dalla scala appoggiata all'albero. Era lilla chiaro, un colore che non mi va bene; avevo tolto la cintura per lavorare meglio e arrotolato le maniche per il caldo. I capelli erano arruffati dalle fronde del tiglio, la gonna di sicuro stazzonata.

Mi rivedo bene là sulla panca, e vedo anche gli altri. La mamma assorta nel lavoro, veloce, accurata; lo faceva da anni e in inverno era lei che sorvegliava le tisane, con un grande grembiule addosso, azzurro e grigio, lo stesso che metteva quando cuoceva la cotognata, mestiere che non lasciava fare alla cuoca. Nostro padre compiaciuto nel vederci intente a un lavoro così utile, un'occupazione così a modo, così adatta a figlie di famiglia. Anche Giorgio, da qualche parte, ma più lontano, più distratto – forse solo perché non me lo ricordo tanto – e la governante con il bambino, lei sopraffatta dal caldo, con le palpebre che ogni tanto si facevano pesanti.

Ho in mente la scena come una fotografia, che forse un tempo era esistita; ci vedo fissi nelle nostre posizioni, un gesto fermato a mezz'aria, un ciuffo di capelli che svolazza immobile intorno alla testa di Clara, la mano di mio padre sollevata verso la fronte come per ripararsi dal sole che gli impedisce di leggere il giornale. Eppure nel corso degli anni ci siamo tutti incessantemente spostati dentro quel quadro. Dentro la mia fantasia.

Mio padre e mia madre hanno cambiato di sedia, il bambino è corso avanti e indietro, una volta si è fermato vicino a me, altre volte più lontano, fin sotto il tronco del tiglio; Clara non è sempre stata seduta così vicina al suo fidanzato come mi sembra adesso e il suo vestito, sono certa, non è sempre stato bianco. Ciascuna scena è durata un paio di anni, poi è cambiata. Solo una cosa non è mai mutata, il ricordo di quella sensazione, di fresco e di caldo, quando mi toccò il braccio nudo. Ci mise un'eternità, minuti quasi, perché capissi che non era un gesto casuale, ma voluto, cercato con terrore e ostinazione. Aveva tirato su le maniche anche lui e sedendogli vicino poteva capitare che ci toccassimo, ma pur desiderandolo, inventandolo, stavo bene attenta a che non succedesse. Mi sfiorò dunque il gomito, una volta, due, e poi ancora; avanzò, incerto ma sicuro, pezzetto per pezzetto, finché il suo braccio nudo aderì al mio, né io lo ritrassi.

Fu come se avesse preso possesso di me, e io mi fossi lasciata possedere. Non volevamo più staccarci, turbati – lo so – entrambi, e fu insieme un bacio, un abbraccio stretto, la carezza più audace che avessimo mai osato. Come avrei voluto restare ferma, ad assaporare. Non ci guardavamo: se ricordo, anzi, lui andò avanti a parlare con Clara, rivolto a lei, mentre stava con me. Il suo braccio era fresco e bollente, oppure il mio, non so, perché non capivo più dov'ero io e dove lui. Mi tocca per caso, perché la panca è stretta e neppure si accorge di me? Poi esultai vedendo che per avvicinare il cesto aveva usato la sinistra, piegandosi in modo innaturale, e non la destra, per non doverla staccare dal mio braccio. Non ci guardammo mai, né ci rivolgemmo la parola, ma non ce n'era bisogno: ci dicevamo così tutte le cose che per giorni avevo fantasticato, e per le quali, dopo, non ci fu più l'occasione.

Quando infine mi alzai perché non potevo più stare a far niente – anche Clara già era tornata al lavoro –, sentii che a malincuore si staccava da me. A malincuore anch'io, ma felice, rassicurata, certa di ritrovarlo. Era come se mi avesse chiesta in moglie. È tutto qui il tradimento che abbiamo fatto a Clara; colpevole di sogni io, lui di una panca troppo stretta.

MI ODIA e si è tenuta dentro tutto, ancora adesso mi guarda con quello sguardo che simula partecipazione alla mia esistenza, e invece neppure mi vede. Mai ha parlato con me, non ha mai chiesto nulla, ma in cambio ha seminato minime parole qua e là, tra i parenti, tra il personale, di modo che tutti mi guardarono come l'invidiosa senza cuore che ha distrutto la felicità di sua sorella. A me pareva ridicolo rispondere a quelle accuse; potevo mai dire: « Ci siamo toccati solo una volta, con il braccio, e forse per caso, e tutti voi eravate intorno a vederci »? Tradimento ridicolo il mio, su misura dei miei ridicoli sogni, eppure gli uni e l'altro mi hanno dato felicità. O almeno me l'hanno fatta immaginare. Avrei dovuto parlare io, ma dapprima non me lo permise la paura; l'idea di aver commesso veramente un peccato grande, di aver distolto con le mie fantasie il fidanzato dalla sua promessa: in seguito non parlai per orgoglio, per ripicca, per indifferenza; perché lei non mi ha mai chiesto nulla.

Quel veleno ci ha intossicato la vita, paralizzato i sentimenti, l'amicizia, l'affetto, la compassione. Intossicate siamo, e quando per strada qualche vecchia del paese mi dice: « Beate voialtre sorelle che vi fate compagnia », sono parole che mi suonano vuote. Ancora oggi quando ci capita di stare insieme noi due sole, per qualche tempo – a mangiare, per esempio, quando nella stanza c'è soltanto il rumore delle posate sui piatti –, sono pochi i nostri argomenti. Il tempo e la temperatura ci salvano per un po' (come tutti i vecchi badiamo molto a queste cose, abbiamo termometri e barometri sparsi dovunque). Dopo vengono i discorsi di cibo, questo è buono, questo è pesante, questo dobbiamo rifarlo ancora. Oppure di casa: c'è dell'umido su quella parete, la sedia va rimpagliata, quella stoffa è troppo lisa.

Poi silenzio. Mai dire: « Ti ricordi? », mai nominare persone legate al passato, porterebbero a discorsi insidiosi. Neppure i figli posso nominare perché lei si limiterebbe a stringere la bocca in modo significativo.

In altri tempi ero brava a riempire i vuoti, potevo parlare a lungo di niente, i vestiti, un incontro, una conversazione, tutto per non piombare in quei silenzi che ci impedivano perfino di guardarci. Ma adesso sono stanca, è come se mi mancassero le parole, ho detto troppo nel corso degli anni. Stiamo dunque zitte, tanto da sentire il cibo che scende in gola, invano cercando di sopprimere anche quell'ultimo rumore, disperate perché non riusciamo a mangiare ancora più in fretta. Soffro io ma anche lei, uguale, e ho pena di me e anche di lei. Poi vedo come manda giù tutto, pure i nervi e il grasso della carne, le foglie morte dell'insalata, i chicchi un po' rovinati dell'uva, ostentatamente, per sottolineare quanto sia schizzinosa io che lascio questo e quello nel piatto, e non mi fa più pena. Ancora mi vuole dare lezioni, far rimarcare la differenza tra di noi, tra la mia testa capricciosa e superficiale e la sua anima seria, capace, costruttiva, incorruttibile. Spossata comunque anche lei da quella troppo prolungata solitudine a due, si precipita poi in cucina in cerca della sua Beppina, che è plagiata da lei, povera donna, del tutto succube, e insieme parlano a mezza voce per ore, parlottano anzi, in modo da farmi sentire che hanno molto da dirsi ma senza farmi sentire che cosa.

Non so come consolarmi, vado avanti e indietro in questa casa che non è mia, attenta a non uscire troppo dai confini che mi sono stati assegnati, la mia stanza, il corridoio, un pezzo di scala e un'altra stanza che sarebbe il mio salotto. Naturalmente non mi dicono: qui non devi stare;

non dicono nulla, ma guardano, osservano, e poi parlano tra loro. Non so che fare di me. Di libero ci sarebbe il giardino, almeno lì non ha messo i suoi mobili, i suoi oggetti, le sue fotografie per delimitare il territorio. Scendo qui nella terra di nessuno quando vengono i nipoti a trovarmi, anche se poi con me non stanno molto, giusto quel tanto che serve alle conversazioni prima di passare dalla parte della zia. A volte avrei voluto cominciare qualche discorso con loro, sapere della loro vita, conoscerli meglio, ma vedo che sono distratti, che hanno fretta di passare nell'altro territorio. Clara ogni volta regala loro qualcosa, qualche oggetto antico, forse anche soldi. Vorrei farlo anch'io, ma non ho nulla; crederanno che sono avara oltre che povera.

Quello che mi pesa di più è la solitudine: tutta la vita l'ho temuta come un demonio, come fosse stato il mio peccato originale, la colpa di cui non ci si libera. Se dunque adesso cerco di stare da sola per non dividere con Clara i miei silenzi, è segno che ormai ho fatto violenza alla mia natura, pazza sono diventata, come le balene che si lasciano morire. Guardo allora dalla finestra per vedere passare gente, anche per ore di seguito, tanto non ho niente da fare. Guarda in su qualcuno, forse perché io mi sono mossa, oppure ho fatto qualche rumore, o perché il vetro della finestra ha rispecchiato il sole facendo guizzare da qualche parte un istante di luce. Vedono una vecchia dai capelli non in ordine come vorrebbe, una testa smarrita sulla grande facciata della casa. Non allegra, non triste, niente, una vecchia che guarda giù e basta, senza nessuno cui pensare veramente. Poi rientro, ascolto la radio e faccio un solitario, cose che un tempo mi facevano orrore e che oggi confermano, sanciscono che non ho proprio nessuno all'infuori di me.

PER troppa noia e troppo silenzio inevitabilmente torno a pensare al passato, rivivo giorni, riascolto discorsi, rivedo persone. E tempi che furono brutti, con ore tormentate d'infelicità, mi sembrano dolci. Come quelle settimane di cui so che furono una tortura. Mi aspettavo dell'altro, questa fu la tortura, un'altra carezza sul braccio, una stretta d'intesa, un abbraccio, chissà, anche solo una parola. Che mi dicesse: « Sì, penso a te ». Sarebbe bastata una frase così, niente di speciale, di clamoroso: poi la strada l'avremmo trovata. Nelle spiegazioni che avremmo dato non mi addentravo con il pensiero, quella parte ancora non era stata scritta, ed ero troppo impegnata a immaginarmi la frase, la parola, l'abbraccio, il bacio forse. Tutto era stato stabilito, il luogo, il tono di voce, il sorriso, la mia ansia.

Non venne niente. Furono brutti giorni, mentre aspettavo l'avvicinarsi della data del matrimonio. Capitò anche, e il fatto contribuì a prostrarmi, che Giorgio s'innamorasse di un'altra. Gli era successa la stessa cosa che a me, ma a quei tempi gli uomini erano più fortunati delle donne: per loro il matrimonio non era una clausura, né dovevano – come me – rifugiarsi nei sogni. Il mio orgoglio ne soffrì, e c'era il bambino. Tante volte avevo pensato io di lasciarlo, mio marito, ma poi mi avevano fermato la soggezione di mio padre e la paura di dirlo a lui: temevo di dargli una pena, di vedere smarrimento nel suo volto. Del mio smarrimento lui non dovette curarsi molto. Mi prese una gelosia insensata per quella donna, che conoscevo di vista, meno bella di me, non più giovane di me: soltanto nuova. Furono giorni brutti, eppure ricordando mi sembrano dolci.

C'erano i genitori, che davano un ordine al mondo, regolavano in qualche modo la vita, anche la mia. Contro di me, contro quello che volevo, probabilmente anche contro Clara e contro se stessi, ma la costruzione stava in piedi, c'erano mura forti, un tetto, la cucina. Che funzionava tutti i giorni dell'anno dalle sette di mattina fino a sera, fornelli sempre accesi dal primo caffè all'ultima tisana. Era una gran macchina che non si poteva interrompere, che produceva gran lavoro e gran caldo: e quante volte la mamma si agitava per questo cercando di far cambiare le abitudini. « Che bisogno c'è di cominciare a cuocere le patate alle nove di mattina? » chiedeva alla cuoca. E la risposta era ogni volta la stessa: « Ma si è sempre fatto così ». Un inarrestabile meccanismo che rappresentava la musica di fondo della vita. Lo so adesso, non allora: a queste cose non pensavo e m'irritavano. Ora non c'è più fuoco tutto il giorno, lo si accende a mezzogiorno con un « trac » dello zolfanello, e basta ampiamente per scaldare il nostro menù da ospedale. Già all'una e mezzo la cucina è di nuovo fredda, pulita, senza vita, e la sera si anima ancora meno, forse solo dieci minuti di fuoco sotto il pentolino della minestra.

Non avrei immaginato di attaccarmi a queste cose, alla cucina! Ai ritmi regolari, all'ordine. Mi ero sposata per scappare da tutte queste cose, dalla prevedibile monotonia dei giorni, dai riti, innumerevoli e rigidi, che segnavano i mesi, le settimane. Non solo il Natale, la Pasqua, la Quaresima, il giorno dei Morti, la processione del Corpus Domini, la Messa della domenica, il rosario di maggio, ma anche i minimi riti che ingabbiavano le nostre giornate: mai mangiare dolciumi prima dei pasti, mai parlare a voce alta, mai bisbigliare nell'orecchio, mai a letto tardi, sempre in piedi presto, sempre vestirsi più dimessi degli altri, sempre seduti dritti, mai correre sulla strada, mai parlare con estranei, sempre finire quello che c'è nel piatto...

Quell'ordine era la nostra sicurezza; la nostra casa una fortezza, ben sorvegliata, foderata affinché non potessero giungerci rumori di fuori. E io mi struggevo per quel fuori. Fin da bambina, stando il più possibile alla finestra a guardar giù, la strada, la piazza, la gente. Regolarmente rimproverata dalla mamma, dal papà, se mi vedevano. « Ti comporti come le ragazze di paese. » « Non si fa. » « Hai mai visto noi stare alla finestra? » « Lascia queste cose alle cameriere. » Così mi rassegnavo ad ascoltare i rumori della strada dalla camera, a finestre chiuse, la sera, quando in casa tutto era zitto e le voci salivano limpide su per la strada stretta. Potevo sentire ogni parola, e se erano voci di giovani, di ragazzi, non dormivo più per ascoltare.

Di notte mi saliva in camera un mondo estraneo, che sentivo più vivo del mio, che immaginavo più bello: bestemmie di ubriachi, chiacchiere e risate di donne; perfino il cigolio dei carri dei buoi mi pareva meglio, più rasserenante del severo ordine di casa. Acuta si faceva la nostalgia, il desiderio di stare fuori, nelle sere di maggio quando, mentre io dovevo essere già a letto, sentivo i ragazzi e le ragazze uscire di chiesa, ridere e alzare le voci. Qualche volta non resistevo e pian piano spingevo gli scuri per vedere la strada animata nel buio, profumata dagli alberi del giardino che sporgevano le fronde oltre il muro di cinta. M'incantavo a guardare, a respirare, a rubare discorsi più che potevo fino a che un po' alla volta la gente sfollava, tornava il silenzio.

Più tardi, trovai modo di sfuggire alla fortezza, pretesti che erano porte, bugie e sotterfugi che si rivelavano varchi, e scoprii che quelli che io invidiavo dall'alto della mia camera, i giovani che passavano in strada dopo il rosario, in realtà non erano né spensierati né disinvolti, ma poveri diavoli che forse invidiavano me. È tutto passato, soltanto è rimasta la casa-fortezza. Ma adesso non cerco più fessure; anzi, quelle poche che ci sono vorrei sigillarle. I grossi muri, le porte sprangate, i catenacci, i paletti che un tempo mi facevano sentire sotto chiave non mi rassicurano più. Temo sempre qualcosa o qualcuno che mi venga ad assalire, la sera specialmente. Un ladro, un malfattore, una malattia, un fuoco, un terremoto. Senza pace giro la casa prima di andare a dormire, in cerca di buchi dai quali il nemico potrebbe passare. Controllo i balconi, il portoncino del giardino, le finestre del piano terra. Qualche volta salgo fin su a vedere le soffitte, caso mai qualcuno si fosse introdotto dal tetto attraverso le finestre lasciate aperte per far asciugare la biancheria stesa là sopra. La paura di andare nella grande soffitta poco illuminata, piena d'ombre, è la stessa di cinquanta, sessanta, settant'anni fa.

Cammino piano, cautamente pongo un piede dinanzi all'altro per non far scricchiolare il pavimento, perché ho paura del mio rumore che potrebbe coprire quello del ladro. Eppure ci vado, a godermi quasi ogni giorno la mia porzione di terrore. Clara e Beppina dicono che sono matta e hanno ragione. Poi, quando finalmente torno a letto, sicura di aver controllato ogni cosa, ancora tendo l'orecchio, torno ad alzarmi e a ricontrollare la porta-finestra già chiusa tre volte. Sento incombere il nemico, le tragedie che leggo nei giornali: non possono capitare sempre agli altri, un giorno toccheranno anche a me, a noi. Non sono i ladri che temo, naturalmente, è della morte che ho paura.

Invidio Clara che non sembra essere perseguitata da questi fantasmi: del resto ha da pensare alla casa, ai campi, alla manutenzione, al buon funzionamento delle cose, al reddito. Inoltre, a tenerla serena ha la soddisfazione di

vedere scambiati i ruoli: io, che ho avuto amori, mariti, figli e nipoti, adesso senza più niente; lei, che era sempre
stata per conto suo, mai sposata, mai fuori casa, è solida,
tranquilla, contenta, e i nipoti miei sono anche suoi, anzi
più suoi adesso.

QUANDO lo sposo di Clara non si presentò al matrimonio, pensai che fosse per causa mia. Quel suo sparire mi sembrò una promessa. Né importava che da lui non avessi ricevuto mai nessun altro cenno che quell'invisibile, forse immaginata carezza, né tantomeno una parola o uno scritto. Ero tranquilla: si era innamorato di me e non poteva più sposare mia sorella. Dal mio sogno mi svegliarono le manovre che sentii intorno per tentare di rimettere assieme il matrimonio sfumato. Lui ricomparve, come prima, più cupo di prima, più desiderabile, almeno per me. Mi parve che ricominciasse il gioco interrotto qualche mese addietro: gli sguardi, il sorriso particolare, il cercare di starmi vicino. O forse ero io che cercavo di stare accanto a lui. Mi attiravano il tono della sua voce, l'odore dei suoi vestiti, il suo modo di camminare un po' esitante, come se fosse timido. Parole mai, neanche una, a parte la conversazione; obbligatoria, del resto, perché se non ci fosse stata ci saremmo fatti notare, gli altri avrebbero immaginato chissà cosa.

Se fossero stati altri tempi, tempi come adesso in cui la gente si parla normalmente, si chiede le cose senza bisogno di nascondersi nella conversazione, mi sarei risparmiata altra inutile infelicità. Gli avrei chiesto perché era scappato e perché era tornato, perché mi guardava e perché mi cercava. Invece no, non si poteva: io volevo ma mi avevano insegnato troppo bene che era proibito. Forse era un divieto riservato alla gente come noi per sottolineare la differenza, il nostro essere al di sopra di tutte queste miserie. L'intimità, forse perché così somigliante alla promiscuità, era il grande pericolo. Anche soltanto a parole, anche soltanto tra donne: di lì discendevano tutti i guai che minacciavano la solida, ordinata, rispettabile vita della nostra famiglia. E di altre come la nostra. Perciò si scivolava sugli argomenti, si continuava a sorridere, ad ammirare il paesaggio maestoso, il tempo tanto clemente, la temperatura così gradevole, il dessert veramente particolare, il vino eccellente. Ah, quell'affabile conversazione, sempre uguale, frizzante come un ruscello, che poteva durare per ore o per settimane – a seconda di quanto si tratteneva l'ospite – e che stordiva fino a far dimenticare di pensare ad altre cose, più allegre, più tristi.

Era una specie di protezione, un paraurti che doveva impedire a chiunque di avvicinarsi troppo. Ci avevano insegnato a tener distante la gente a colpi di conversazione. Quando poi fummo tutti più vecchi, più stanchi, più scoraggiati, quando i tempi furono cambiati, con gli ospiti, con gli estranei ancora si trovava la forza di parlare leggeri come ci era stato insegnato; ma non in famiglia. La conseguenza fu il silenzio. Sparite quelle parole aeree, da nulla, di altre non ne trovammo più. Restammo in silenzio, innumerevoli pasti trascorsi al solo rumore delle posate, del fruscio della cameriera che serviva a tavola, di un colpo di tosse, al massimo di un commento sul cibo. E poi subito dopo tutti a immergersi in qualche lettura, in qualche faccenda, in qualche incombenza che ci impedisse di vergognarci di quel lungo tacere. Non si rassegnava, soffriva più di tutti la mamma che invano cercava di salvarci dal silenzio, e in mancanza d'altro prendeva un giornale, un libro, e leggeva forte qualcosa che le pareva interessante. Se nessuno le correva in soccorso commentava da sé il brano, tanto per ammobiliare quei minuti senza conversazione, non previsti dai regolamenti.

Non è cambiato nulla, tutto tace ancora, o meglio di nuovo, perché nel frattempo sono stata via qualche anno. Ma rimpiango ora di non saper più conversare come una

volta: forse quelle vuote parole da nulla potrebbero servire da ponte per altre più concrete, per parole vere che
Clara e io ci dovremmo infine scambiare, per spiegare cosa è successo nella mia vita, nella sua. Invece quell'arte si è
perduta, io almeno non la conosco più, e il silenzio mi op-
prime come un castigo. A volte vorrei fare anch'io come
mia madre e leggere forte da un libro, ma a me manca il
coraggio.

CI FU poi un'altra beffa, il fatto che il fidanzato di Clara non si presentò neppure la seconda volta. Beffa per mia sorella, che da allora in poi per molti anni si comportò come una malata grave e come tale bisognava trattarla; beffa per i miei genitori che, smarriti e offesi, non riuscivano a capacitarsi dell'affronto; beffa per me, che mi ero fatta delle illusioni e che ero doppiamente punita perché a me non spettava di far la malata, di me nessuno doveva sapere. Beffata io, due, tre, quattro volte, perché quell'uomo si rivolse a me per cercare di ritrovare Clara. Con lettere ambigue che lette in un senso parevano rivolte a me, nell'altro a mia sorella. Non ho mai risposto; e ancora adesso ho rammarico per quel certo batticuore che mi provocava ogni volta la vista della sua scrittura sulla busta; il mio nome scritto da lui fu la cosa più intima avvenuta fra noi: non quella immaginaria carezza, ma questo accostamento. «Per Virginia...» nero su bianco, pensato da lui, voluto da lui, anche se soltanto sulla carta delle lettere.

Per anni le ho tenute, quasi fossero state il documento di un matrimonio segreto, e sono riuscita a liberarmene solo molto tempo dopo, quando fui convinta che non avessero più significato per me. Erano carte disfatte quando decisi di buttarle via, non tanto dal loro lungo giacere dentro un cassetto, ma dall'essere state prese e riprese, toccate, guardate, rigirate, almeno nei primi tempi. Non lo vidi più, mai più, per caso o perché lui ci evitava, me e la mia famiglia. Infine, stanca di pensare a lui, stanca di trovare dei motivi al suo comportamento, lo dimenticai.

Al suo funerale però sono andata, mi sembra non tanto tempo fa e invece devono essere passati venti o trent'anni.

E lì mi si è risvegliato tutto e finalmente ho potuto parlargli come in vita non mi era riuscito. L'ho maledetto e stramaledetto. « Sei contento », gli ho chiesto, « di come ci hai trattato? Ti auguro di essere stato infelice con tutte e tre le tue mogli: erano forse migliori di noi? Di me forse, ma non di Clara. All'inferno devi andare. Cos'era, uno scherzo che ci hai fatto? Ma tu, da dove venivi? Hai riso di noi negli anni, di noi due illuse? Di me forse potevi ridere, ma perché di Clara? Avresti potuto avere l'una o l'altra, magari tutte e due, e invece ci hai buttate via. Come un vestito scelto, ordinato, misurato e mai ritirato ci hai lasciate lì ad aspettare. Tutta questa gente, venuta per il tuo funerale, neppure sa quello che ci hai fatto, per loro sei un vecchio gentiluomo che si è spento con i conforti religiosi, qualcuno anche piange, racconta episodi toccanti della tua vita, l'onore che ti sei fatto negli anni. Non sanno niente. E magari tu stesso avevi dimenticato ogni cosa, il mio viso e quello di Clara, i giorni del fidanzamento. Spero che questo non ti sia stato concesso.

« Io penso, io voglio pensare che sarebbe tutto andato bene se non avessi conosciuto me, che avresti sposato Clara. Dopo non fu più possibile: di lasciarla per venire con me ti mancò il coraggio, né io potevo sposarmi. A quei tempi, nelle nostre famiglie, una fuga, una convivenza non si potevano neppure nominare. Questo voglio credere, è la mia verità che mi ha consolato negli anni. Ma perché non me lo hai mai voluto confessare, perché non mi hai cercata, magari dopo, mesi o anni dopo, quando non sarebbe più stato così scandaloso? Perché mai neanche una parola? Avevi fatto voto come un vecchio frate oppure l'immagine di me si era cancellata troppo presto, già confondevi il mio viso con quello di Clara, già non sapevi più ricordare la mia voce, il mio modo di parlare, il colore dei miei capelli? »

Dopo, non ho potuto fare altro che cercarmi presto un marito nuovo, anche se proprio un marito non sarebbe stato. Non subito perché avevo il neonato che tanto bene non fu accolto. Giorgio se ne disinteressò, come se non gli appartenesse più, e qualcosa del genere cercò anche di dire. Venne soltanto a vederlo quando ebbe tre settimane, assieme a mia suocera, la quale, per fortuna, lo trovò molto somigliante al marito.

Trovai dunque da sistemarmi di nuovo, anche se neppure stavolta per una decisione autonoma.

Non è che quell'uomo mi piacesse particolarmente, che fossi innamorata in modo speciale. Era appena un amico, che tuttavia, con le sue visite, con la sua presenza, scompigliava un poco l'opprimente silenzio di casa, scombussolava l'ordine dei nostri giorni, la cadenza delle conversazioni, rompeva l'atmosfera eternamente malinconica, perennemente accigliata della mia famiglia. E poi, la sua generosità mi faceva sentire un'altra. Abituata agli eterni risparmi, a quel continuo « Costa troppo, non ce lo possiamo permettere, cosa vi salta in testa? Credete che siamo milionari? I soldi non si buttano, non si fa, non si è mai fatto così », che a qualcuno piacesse buttare il denaro era un vero ristoro. Quello spendere per niente era un uso sconosciuto nella mia famiglia, tra gli amici, tra i parenti, i conoscenti. Con Giorgio ero stata un po' meglio, ma solo all'inizio.

Dissero subito in casa che questo Tullio mi piaceva per via del denaro. Il che non era vero, non almeno nel senso che intendevano loro. Mi portava regali, fiori, scialli, profumi, nessuno l'aveva mai fatto per me. Lo trattarono così male – il papà specialmente – fin dal primo giorno che me lo dovetti prendere. Fingevano cortesia al punto che forse lui neppure si accorgeva della loro malagrazia, ma io che li conoscevo, che sapevo come trattavano i *loro* ospiti, i *loro* amici, i *loro* conoscenti, mi rendevo conto dei modi impossibili che riservavano al *mio* ospite. Più che malagrazia era fastidio, forse disprezzo, con il quale cercavano di farlo desistere dalle sue intenzioni. Perché intenzioni ne aveva, lui almeno. Una parte del trattamento fu riservata anche a me: non cessarono di sottolineare i suoi difetti, primo fra tutti quello di essere diverso da noi, cui si aggiungeva l'aggravante di essere mescolato con la politica, ritenuta volgare con quel daffare di camicie nere, divise, adunate e gran discorsi. Sarei stata d'accordo con loro se solo non l'avessero trattato così male: lo dovetti sposare, o meglio dovetti partire con lui, per rimediare ai loro modi impossibili, per sanare le parole non dette, le cortesie non fatte, gli inviti taciuti, i sorrisi negati.

Partire non fu facile, e più portavano argomenti per non farmi andare più cresceva quello che m'immaginavo essere amore. Mi dicevano: « Sei pazza, non sai quello che fai, sarai infelice, non va bene per te, ragiona, non dimenticarti di te stessa ». Giorni e giorni di parole, ma nessuno di loro che mi avesse preso da parte per dirmi con una traccia di interessamento sincero, magari anche d'affetto: « Resta con noi, non andare ». Credo che mi sarebbe bastato, sarei rimasta, nonostante i silenzi di casa, nonostante l'atmosfera, nonostante l'eterno risparmio.

Arrivarono zie e amici di famiglia per dissuadermi; anche Tullio fu sconsigliato. Probabilmente avrebbe lasciato perdere perché non gli piaceva avermi contro tutti; ma fui io a insistere. Fu chiamato in soccorso Giorgio, cui però non importava granché di tutta la vicenda. Si offrì di portarsi via uno dei bambini, quello grande, visto che l'altro, nonostante le affermazioni della suocera, non lo trovava poi tanto somigliante. Ma non gliel'lasciai prendere. Quando fu esaurito l'argomento della diversità di Tullio e quello della mia inevitabile infelicità con lui, cominciarono le discussioni sulla morale, o meglio sul cosa si fa e cosa non si fa. L'unica soluzione accettabile per loro sarebbe stata che io fossi rimasta a casa per sempre, senza nessuno, a curare i figli, o, in alternativa, trovare qualcuno di molto omogeneo, meglio se ricco. In tal caso la morale ne avrebbe sofferto meno.

In questo combattimento di parole sempre più mi avvolgevo nelle mie proteste d'amore, nelle dichiarazioni di libertà, di bisogno d'indipendenza, finendoci infine impigliata. Di una vita si può non ricordare niente, ma tenere a mente i dettagli che non contano. Mi rivedo il giorno della partenza, com'ero vestita, com'era il tempo. L'abito era grigio con maniche lunghe, di flanella, stretto. Troppo stretto, lo trovava mamma. Ma lo aveva detto in un'altra occasione perché quel giorno non venne a salutarmi, come del resto gli altri della famiglia. La mamma l'ho vista, che guardava dalla finestra, forse piangeva: non le era stato permesso scendere per accompagnarmi all'auto. Mia sorella sparita fin dalla mattina, assieme a nostro padre. Qualcuno, forse il giardiniere, mi aiutò a portare fuori le valigie.

IL figlio che venne fece innamorare Tullio – di me, intendo – e sull'onda di questo entusiasmo, convinti di essere infine bene accetti nella mia casa, ripresi a visitare di tanto in tanto la mia famiglia.

Felice no, è un'altra cosa, ma serena sì, lo ero, e questa serenità forse m'invidiò mia sorella: perché fu lei, con piccoli colpi, quasi esclusivamente lei, a distruggere la serenità. Continuò a trattare con ostentato distacco Tullio: andava in camera quando arrivavamo, non veniva a tavola dicendo di sentirsi un malessere, e la sera si ritirava subito – almeno diceva – perché la stanchezza era troppa. Salvo poi farsi trovare seduta in cucina o in guardaroba a chiacchierare con Beppina. Se portavamo un regalo – Tullio di queste cose si ricordava sempre – lo accettava con un sorriso forzato senza mai aprire il pacco; poi, spesso, lo passava alla cameriera. Con discrezione, ma non abbastanza perché non me ne accorgessi. Altre volte lo dava alle suore per la pesca di beneficenza. Finché una volta mi disse di lasciar perdere, che non era il caso che io spendessi tanti soldi.

La nostra unione non era evidentemente solida per sopravvivere alla mia famiglia. Maldicenze incrociate ci logorarono e se un tempo il trattamento riservato a Tullio era servito a unirci, da un certo momento in poi produsse il risultato opposto. Incominciò lui a risentirsi, a non sopportare più di essere tenuto come un estraneo, fastidioso, accettato controvoglia, ignorato nella conversazione, come un ospite non invitato. Iniziò a parlarmi male di loro, dei loro brutti modi, dell'avarizia, dell'aridità: ciò non servì ad allontanarmi da loro, ma, al contrario, mi riavvicinò. E subito dopo mi toccava ascoltare le loro cattiverie sul conto di Tullio. Sul suo passato, sulla moglie abbandonata, su certe sue disonestà finanziarie, sulle sue infedeltà. Vere peraltro, come seppi in seguito. Clara era maestra nel somministrarci i piccoli veleni quotidiani che mandarono a male il ménage. « Non te lo dovrei dire, ma... », « Hai saputo che...? Probabilmente non è vero ma è giusto che tu sappia ». Mi parlava sorridendo, senza malizia, mostrando anzi di essere dalla mia parte, di non dare importanza alle cose che raccontava, quasi fossero scherzi ridicoli messi in giro dalla gente. In modo che io non potessi dire: « Basta, non voglio più sentire, non credo a nulla ». Sembrava che fosse tornata allegra e di buon umore, solo per vedere il mio malessere, lei che era sempre stata malinconica. E non cessava di parlare contro Tullio presso mio padre, mia madre, i parenti.

Piccole punture di spillo che diventavano colpi pesanti: per esempio quando mio padre cominciò a chiedere soldi a Tullio, in risarcimento di somme che mi sarebbero state anticipate non so quando. Ancora adesso che sono morti, ancora adesso che è passato lunghissimo tempo, mi infurio al ricordo. Oppure quando se la presero con il bambino. « Fuori le mani di tasca », lo apostrofava mio padre quando aveva quattro o cinque anni. O: « Stai dritto », « Non toccare qui », « Non rompere là ».

Invece di starmene più lontana possibile, tornavo e ritornavo alla mia casa di un tempo, per cercare di essere meno estranea, per farne ancora parte, senza saperlo, senza volerlo. Cercavo di assimilarmi a loro, di somigliare loro il più possibile. Mi erano d'esempio le innumerevoli fotografie di amici, parenti, zie e cugine, severe, tirate, con poco sorriso e molto pallore, che comparivano in ogni angolo libero della casa. Bella anche qualcuna, affettuosa, con dei bambini per mano, ma attenta, controllata, vigile che il vestito non lasciasse capire niente del corpo, che le braccia o le mani non si muovessero tanto, che i capelli non fossero né troppo in ordine né troppo in disordine. Come Clara aveva così bene appreso fin dall'inizio. In quelle foto volevo entrare – io che ne avevo sempre avuto orrore – e forzarvi dentro anche Tullio e il bambino. Ma non riuscivo, qualcuno o qualcosa era sempre fuori posto.

Fu un lento declino la nostra unione, mentre loro stavano a guardare e giudicavano. Piccole frasi, sguardi, atteggiamenti del viso, parole che intendevano dire: te l'avevamo ripetuto che quest'uomo non andava bene, ecco che i nodi vengono al pettine, le regole della vita non si cambiano ed è giusto che succeda così. D'altra parte però avevano paura che mi separassi e di nuovo m'installassi a casa; perciò erano caute le loro espressioni, guardingo e titubante il loro comportamento.

Cessò tutto di colpo, le maldicenze, i giudizi severi, il lieve disprezzo e la malcelata paura, perché verso la fine della guerra, quando già da un po' se ne stava nascosto, Tullio morì. Non di malattia o di altro accidente naturale, ma ammazzato, tradito e ammazzato. Da chi? Non sapevo. Forse da qualcuno cui aveva fatto del male in passato. O da qualcuno che nemmeno conosceva, qualche personaggio da nulla, passato di lì per caso, uno zelante sciocco che il destino gli aveva fatto incrociare. Avevo anche preso in considerazione la possibilità che fosse stato qualcuno della mia famiglia... Ma poi no. Cancellai il pensiero, ritirai l'idea, ebbi vergogna. Il loro sistema prevedeva di uccidere senza armi né spargimenti di sangue; e uccidere solo nel senso di togliere la vita restringendola, soffocandola un poco alla volta.

Non era fatta per grandi cose la mia famiglia, neanche nel male. Grandi misfatti, grandi sofferenze, grandi odii: no, non è da noi. Per il solito motivo che questi eccessi, anche questi, non sono eleganti, non si praticano, non ci appartengono. Siamo condannati, noi, a mediocri sofferenze, piccole lacerazioni, dispiaceri poco vistosi, che chi guarda da fuori non deve vedere. Che però durano sempre, come una malattia cronica, con brevi inasprimenti e poi di nuovo, per anni, il quotidiano sopportabile malessere. No, a denunciare Tullio non poteva essere stato qualcuno della famiglia. Anche perché ne avrebbero avuto soltanto danno, specialmente finanziario: sparito lui avrebbero dovuto riprendermi in casa, con i figli. O forse s'immaginavano che denunciandolo si sarebbe fatto solo un po' di prigione? Giusto una piccola punizione come a un ragazzo cattivo? Ma non erano così fuori del mondo da non sapere come sarebbe potuta andare a finire una denuncia contro un fascista che si teneva nascosto.

Fu un dolore grande per me: benché come « marito » non si fosse dimostrato granché, finire così me lo aveva fatto amare nel ricordo. Povero Tullio, pensare che quella divisa l'aveva indossata per vanità, perché trovava che gli stesse bene.

Eppure ho tolto presto la sua foto dalla mia stanza. Ormai non tengo neppure le foto dei figli quando erano piccoli – sono troppo cambiati nel corso degli anni – né quelle di altri che mi furono cari: cose belle non ne voglio ricordare, altrimenti nella situazione presente non sopravvivrei alla nostalgia. E perché, al mio ritorno in questa casa, anch'io con i miei bravi ritratti di famiglia, sentii che me lo guardavano troppo male, quel mio uomo elegante nella divisa. Sentivo pungere i loro occhi addosso a lui e facevano male anche a me. Prima ho messo la foto, girata, dentro un cassetto, poi, con il tempo, l'ho seppellita sotto libri e carte che non solleverò più. Ma non è che per questo senta meno la puntura dei loro sguardi.

Mi ricordano, questi occhi, che qui sono soltanto un'ospite, che niente è più mio, che devo adoperare le cose senza usarle, sedermi, camminare, sdraiarmi o appoggiarmi senza consumare nulla: cosa andrà altrimenti in mano ai nipoti? Così litigheranno ferocemente per questa casa, anche se forse nessuno ne ha bisogno sul serio. Non come me allora, quando non avevo più niente. Venduta la casa di Tullio, i mobili, i gioielli, i quadri, per far vivere me e i figli.

Alla morte di nostro padre chiesi a Clara di mettere in vendita qualcosa dell'eredità, qualche campo, o anche la casa, ma lei non volle saperne. Un po' la capivo, ci aveva sempre vissuto: vendetti quindi la mia parte di campagna. E quando anche quei soldi finirono tornai a chiedere a mia sorella di far qualcosa con la casa. La mamma sarebbe stata d'accordo; con Clara invece non ci fu niente da fare. Infine, poiché davvero non sapevo come tirare avanti – i soldi mi sono sempre scappati via dalle mani senza che me ne accorgessi –, mia sorella comprò la mia parte di casa. Fu mamma a convincerla. La convinse ma non riuscì a evitare che Clara mi pagasse quella mezza casa una miseria. Mi fu detto che non disponeva di liquidi, che mi dovevo accontentare. Di nascosto mamma mi fece avere qualcosa, per arrotondare la cifra, ma non aveva granché neppure lei dato che l'amministrazione era in mano a mia sorella.

Così andammo avanti negli anni e, quando di nuovo fui in ristrettezze, tentai di vendere dei mobili, ma Clàra me lo impedì. Sostenne che gli arredi, per volontà di nostro padre, erano tutti suoi. Non la lasciai fare stavolta e finimmo in tribunale; per anni la causa è andata avanti, con la sua cameriera, la nostra Beppina, che per entrambe era stata una sorella, che testimoniava il falso. Per denaro probabilmente, o per totale obnubilamento. Disse che nostro padre aveva sempre dichiarato che tutti i mobili spettavano a Clara. Per papà invece era stato soltanto un modo di dire, perché mia sorella stava dietro ai mobili come lui, sempre con straccio e cera a lucidare. E anche se lo avesse detto sul serio, non stava alla cameriera, non alla Beppina, di ascoltare e poi di riportare il discorso in tribunale.

A Beppina ero stata vicina, amica, confidente; e quante cose, quanti vestiti le avevo regalato. Ma testimoniò per Clara, il falso. Arrivò anche a sostenere che secondo la volontà di nostro padre la campagna doveva toccare in maggior parte a me, la casa tutta a mia sorella, di valore naturalmente inferiore, perché una vecchia casa troppo grande e malandata chi la compra. E che Clara era già stata generosa più del dovuto a darmi quei soldi per la parte di casa che era già sua. Pensai che avessero potuto farlo sparire, perché troppo equo in fin dei conti. Ne venne fuori una questione di anni, con infinito scambio di lettere sempre più fredde, sempre più estranee, come se veramente fossimo state due sconosciute incontratesi in tribunale. Mai risse a voce o toni alterati: eravamo gentili all'apparenza, corrette, controllate, bene educate.

Invece sarebbe stato meglio scaldarsi, dirsi i rancori di una vita, gridarsi le parole, dopo tutto quel tempo. Invece di scriversele, ché una volta scritte non tornano indietro e pesano sulla carta e nel cuore. A voce si sarebbe potuto cancellare tutto il giorno dopo, mentre sulla carta ogni cosa è rimasta, conservata nei cassetti, ben ordinata attraverso gli anni. Clara almeno, che conserva tutto; io ho buttato via, per alleggerirmi, per non sentirmi quel peso intorno, come un grosso sasso dentro la tasca del vestito.

Era così la mia famiglia – io compresa – che mentre in tribunale litigavamo, ferocemente, incrociando lettere e documenti, mentre da un lato era guerra per ogni sedia e tavolino, dall'altro sedevamo insieme in salotto, noi tre donne, a chiacchierare, e chi ci avesse visto non avrebbe immaginato. Si sarebbe detto: che bella atmosfera, tre donne insieme affiatate nella loro vecchia casa. E paradossalmente non furono neppure tempi particolarmente infelici, anzi. Come se quelle storie di tribunale, quelle risse per comò e armadi, fossero state di altre persone.

Ho detto che la sera stavamo in salotto a chiacchierare noi tre, Clara, mamma e io, ma a quel tempo c'era anche un uomo ogni tanto, un dottore che piaceva a Clara, conosciuto durante la guerra, simpatico anche a me, non a mamma però, per le stesse ragioni per cui neppure Tullio era andato bene. Esattamente la stessa storia che con me e Tullio: anche il dottore con una moglie da qualche parte, anche lui di modi diversi dai nostri, anche lui mescolato in politica. Eppure, per quanto mamma storcesse la bocca, stavamo insieme a chiacchierare la sera, come amici, come se anch'egli fosse stato di famiglia. Tutto uguale come con Tullio ma diverso. Con lui la mia famiglia non era stata in salotto a chiacchierare.

Ebbe comunque grandi meriti, questo signore: di piacere a Clara e di farla stare di buon umore, la prima volta dopo anni, per cui la casa pareva diversa, meno cupa, come illuminata dall'allegria della padrona.

Merito del dottore fu che, grazie al buon umore di mia sorella, il processo per i mobili si addormentò. Clara scese a un compromesso, accettando che i mobili fossero di tutte e due: metà suoi e metà miei, e che io dunque potessi vendere la mia parte. Cosa che poi finii con il fare in minima parte; non perché non avessi più bisogno di soldi, ma perché a quell'epoca era difficile vendere bene. A ciò si aggiungeva che io, dopo la morte di Tullio, di nuovo quasi stabile nella nostra casa di sempre, non avevo più voglia di vendere. Non ancora come la mamma e mia sorella, cui ogni quadretto o tavolino in meno faceva l'effetto di un dente strappato da sano, pur tuttavia anch'io mi sentivo più sicura se il paesaggio di casa non cambiava troppo, se ogni cosa rimaneva dove ero stata abituata a vederla. Io che un tempo avrei buttato tutto, cambiato tutto, sostituito ciascuno di quei venerati pezzi in stile con mobili lisci, dai piani lineari, dalle gambe diritte, senza artigli di aquila né zampe di leone.

Nemici erano stati un tempo tutti quegli oggetti, simboli della falsità della mia vita, dell'artefatta finzione che ci governava. Oggetti di culto che ingombravano la mia giornata, impedivano la libertà, popolavano con sussiego la mia esistenza: non toccare, non urtare, non bagnare, stai attenta che si rovinano, abbi riguardo, non lasciarti cadere sulla sedia, non lasciare le ditate sul tavolo. Era questa la litania, le preghiere che accompagnavano quei sacri pezzi. Perché – da ragazza – dovevo dormire in un letto alto un metro e mezzo, scuro, elaborato, pesante come il letto di un monsignore? Dopo anni di preghiere per un letto normale ottenni una rete presa dalla soffitta che mi fece felice. Mi è rimasta e rimpiango il lettone perduto tanti anni fa, per colpa mia, finito, credo, in camera di Beppina e poi sparito, forse nella guerra.

È come se fossi retrocessa all'inizio dell'infanzia, prima di ragionare, quando tutto quanto mi stava intorno pareva giusto, normale, perfettamente al suo posto, insostituibile. Quando non conoscevo altro che il vecchio, anzi l'antico, e mai avevo ancora visto qualcosa di moderno. Come se le insicurezze di tutti questi anni, i numerosi cambiamenti che ci sono stati nella mia vita, mi avessero respinto indietro, facendomi credere che l'unica certezza sia la mia casa d'un tempo. Ed ecco che le zampe di leone che spuntavano sotto il comò, ecco che i piedi ad artiglio d'aquila di certi tavolinetti non mi danno più fastidio, mi sembrano anzi gli unici possibili. Belli no, ancora no, ma sono sicura che tra poco finiranno con il piacermi. Sento di essere di nuovo prigioniera del vecchio che mi ha inseguito tutta la vita, che ho fuggito per anni; mi ha raggiunto, mi ha chiusa nell'assedio, ha spento il desiderio del nuovo.

È una lenta perversione che si è impadronita di me, che mi ha fatto rinnegare le stagioni buone e ribelli. Perverso è infatti che io rimpianga quel lettone scuro, nel quale non ho mai dormito con nessuno e perverso è che abbia preteso la metà di queste sedie, tavoli, armadi, consolle e comò senza che poi li abbia venduti. Sacrosanto era invece che nelle mie notti di bambina mi sembrassero mostri i mobili della stanza. Un coccodrillo in marcia quella ridicola dormeuse – buona per il salotto di una zia stanca – che pareva muoversi nella luce tremolante della luna. Un tozzo animale in agguato, mentre io lo guardavo, il cassettone vicino al letto, ma che si avvicinava con un piccolo scricchiolio ogni volta che distoglievo lo sguardo. Lupi le sedie, contorte al punto giusto perché i grandi dicessero: «Che linea graziosa»; scorpioni e scarafaggi i fiori della tappezzeria che non avevo il permesso di toccare perché era dei tempi dei tempi dei tempi. E che io di nascosto avevo cominciato a strappare in alcuni punti, fino a quando se ne accorsero: io fui punita e fu rattoppata la tappezzeria.

Oggi non c'è più, distrutta da una pioggia che in tempo di guerra è calata giù dal tetto sconnesso – quando la casa era disabitata – e perversamente la rimpiango di notte; se mi sveglio, la cerco con gli occhi sul muro e il bianco uniforme che trovo mi pare estraneo, ostile, non mio.

Tra i tanti pezzi vecchi un pezzo nuovo come il dottore stonava: per maniera, vestiti, modo di parlare e di muoversi. Soprattutto però per le idee così diverse dalle nostre. Non come noi, che pensavamo al buon tempo andato. Niente rimpianti, malinconie o passato da coltivare. Eppure stava con noi seduto tra i ritratti di famiglia, tra le foto di dame rigide, di cani eleganti, cavalli in posa, ufficiali in belle uniformi, perfettamente a suo agio. Certo, si sedeva pesante sulle seggioline Luigi XV, e mio padre ne sarebbe trasalito se avesse visto; sempre faceva traboccare l'acqua o il vino sul tavolo lucido quando si versava da bere, e invece di asciugare strofinava tutt'intorno con la mano; ancora, entrava dal giardino senza pulirsi le scarpe sugli stuoini, riempendo di terra le scale, i lustrissimi pavimenti di legno e i tappeti. E, tuttavia, sembrava star bene dentro la nostra casa, vi si aggirava come se vi fosse stato per un lungo pezzo, domestico, rilassato, familiare, nonostante le sue orrende camicie, i calzoni troppo stretti o troppo larghi e la barba alquanto incivile.

Di nuovo mi stupiva mia sorella. L'altra volta per quel suo fidanzato così inadatto a lei; stavolta per questo strano dottore che con lei non aveva nulla da spartire. Come poteva, Clara, così conformista e sottomessa alle regole antiche, così attaccata al mondo vecchio e alle sue rigidezze, pensare di amare un uomo che di tutto questo non sapeva nulla né voleva saperne? Di cosa potevano parlare, cosa avevano in comune? Io, io magari sì, ma lei? Discutevano forse di libri, di quadri, di musica? Ma no, perché di queste cose Clara sapeva quanto me. Di storie passate, di epoche migliori, di coltivazione delle viti? A me il dottore sembrava interessato più alle storie del presente, ai tempi futuri. Lei silenziosa, malinconica, poco appariscente, già quasi più vecchia che giovane; lui rumoroso, chiacchierone, giovane – almeno sembrava – e anche vistoso, con grande bocca e grande corpo.

Non doveva essere un amore tranquillo, perché andava e veniva questo dottore, spariva per mesi, poi tornava e il suo andare e venire segnava l'umore di mia sorella. Come era gelosa. Non solo delle altre donne, ma anche di noi tre, mi pareva. Di Beppina, coetanea di Clara, anzi di qualche anno più giovane, con la pelle rimasta fresca, e i capelli lunghi, folti e castani, arrotolati in una bella treccia, tanto che ci si dimenticava il suo gran naso. Ma Clara era gelosa perfino della mamma perché con lei il suo dottore si sforzava di essere il più affascinante possibile, più che con le altre. Sapeva di doverla conquistare perché era la sua maggiore nemica, e cercava di prenderla con fiori a ogni visita, con passeggiate attraverso il giardino lodando l'aiuola, le rose, con lunghe conversazioni parlando di medicina, di viaggi, di astronomia, argomenti sconosciuti alla mamma ma che per questo stava ad ascoltare. E Clara che si voleva intromettere, girando loro intorno, per farsi notare dal dottore che fingeva di non vedere.

Mia sorella subito gliene voleva, si metteva storta e, avendo scarsa o nessuna dimestichezza con gli uomini, gli mostrava il viso scuro. Ancora più scura si faceva se il dottore occasionalmente si occupava di me. Ma « occupare » era già dire troppo perché i nostri rapporti non andavano oltre qualche frase e qualche sorriso. Non doveva esserci Clara quando ci parlavamo, neppure per chiederci: « Come ha dormito? » oppure: « Si ricordi che stasera mangiamo un po' prima ». Non diceva niente, mia sorella, ma mi guardava con certi occhi che mi facevano scappare via come se avessi avuto qualche colpa, come colta in fallo. Invece mi sarebbe piaciuto parlare con il dottore. Riportava equilibrio la presenza di un uomo in casa, era come se raddrizzasse le sorti di noi quattro donne, bilanciando la barca che pendeva troppo da una parte.

Grazie a lui eravamo tornate a essere donne tutte e quattro, non soltanto sorelle, figlie, madre o cameriera. Me ne accorgevo io, da come indugiavo più a lungo davanti all'armadio, la mattina, per pensare cosa mettere, e più a lungo anche davanti allo specchio per acconciare i capelli. Vedevo gli stessi sintomi nelle altre: non parlo di Clara, che per lei era un obbligo, anche se qualche volta mi faceva stringere il cuore per certe sue sistemazioni inadatte, di chi da tanto tempo non si è più fatta bella per qualcuno: ricordo un rossetto troppo viola, di cui anche lei poi si vergognò. Parlo della mamma, degli orecchini che all'improvviso aveva deciso di portare tutti i giorni, della cipria con cui aveva ripreso a spolverarsi dopo anni di dimenticanza. E il suo viso sembrava infarinato in modo ineguale, ma lei quasi ridente. Le vecchie, mi dicevo, cosa si mettono a fare la cipria? Dovrebbe farle sembrare più belle? E gli orecchini? E il profumo? Credono di piacere le vecchie? E non pensavo che ero già vecchia io.

Anche Beppina, più giovane di noi tutte e perciò a maggior ragione ancora vanitosa, si sistemava meglio del solito, più in ordine, senza che veramente si vedesse che cosa c'era di cambiato. È probabile che il dottore nemmeno si accorgesse del nostro indaffararci, ma chi aveva vissuto il torpore di prima per forza doveva vedere: Clara più di tutte e perciò così inquieta.

Sentivo forte la sua gelosia verso di me, tanto da costringermi a trattare il dottore molto peggio di quanto desiderassi, al punto da sembrare scorbutica, scortese, bizzarra, pur di far contenta mia sorella.

Ma capitava anche che io ci fossi e lei no, occupata

sempre con casa e campi, in giro a vedere i contadini e a controllare le colture, e in quelle occasioni io potevo essere me stessa con il dottore, parlare rilassata, scherzare, raccontare. Soltanto questo e nient'altro, come se fosse stato un parente – ma che dico? – molto meno di un parente, uno che si conosce nello scompartimento di un treno e con il quale non ci si vuole mostrare poco gentili. Mai un discorso personale, mai niente di intimo, non una parola che qualcun altro non avrebbe potuto ascoltare.

Ma perché devo giustificarmi, chiarire fatti che sono già perfettamente chiari? Per tutto quello che è capitato dopo. Come se il tracciato degli avvenimenti fosse stato già disegnato da un pezzo, rigido e ineluttabile. Mi pareva che tutti non s'aspettassero da me altro: che io già quasi vecchia rubassi a mia sorella anche questo amico. Ma perché dico anche? Perché l'altro forse glielo avevo rubato io? Forse che ci eravamo baciati, accarezzati, stretti come avremmo voluto?

Ma quest'amico qui io non lo volevo e temevo in fondo ogni sua gentilezza, ogni suo sorriso rivolto a me se Clara era presente. Rispondevo a monosillabi se lei ci guardava, con malagrazia e impazienza come non avrei fatto di mia natura. A lei non è bastato, anzi la mia ritrosia deve averla confermata nei sospetti. E se cerco di affrontare l'argomento – quante volte l'ho fatto, in passato – mi rispondono sempre e soltanto dei suoni, anche se le parole che ho usato io erano state chiare. Clara è l'offesa, colei che ha subìto i torti; io la colpevole. Era stato il mio ruolo fin dall'inizio, la parte che la vita mi ha assegnato, ormai anch'io la sento mia. Mia sorella ha avuto bisogno di una me siffatta per sentirsi giusta e onesta e destinata al paradiso. Per l'equilibrio della casa, della vita.

È STATO come se Clara avesse manovrato per farmi andare a trovarlo nella sua casa di città, in modo da giustificare le sue gelosie di prima, il suo rancore di dopo. Da un lato non potevo rivolgergli la parola quando lei era presente, per paura che si dispiacesse; dall'altro pareva che i nostri incontri venissero favoriti. Andate qui, andate là, prendete, cercate, fate; per poco non mi mandarono in vacanza con lui, mi par di ricordare. Un'estate mia sorella non c'era e in quei mesi caldi il dottore scappò qualche volta dalla città per venire nella nostra casa fresca. Ma c'era anche Beppina, e qualcuno dei miei figli, mai noi due soli.

Io ero contenta di aver visita di una persona, di un uomo, ma ero anche preoccupata di quel che avrebbe poi detto Clara. Tranquillo era invece il dottore, raccontava delle lettere di mia sorella, delle sue vacanze in giro con la mamma, hanno fatto questo, hanno fatto quello, oggi vanno qui, fra tre settimane tornano. E prima che tornassero andai una volta in città da lui; su suo invito, di gentilezza soltanto. Forse dovevo accompagnare un figlio, visitare parenti, o forse fu per qualche motivo più futile, uno spettacolo da vedere, un acquisto o magari anche per nulla, per distrarmi soltanto. Non ricordo la ragione, è passato tanto tempo, non la voglio ricordare: troppo sproporzionate furono le conseguenze di quel viaggio. Se davvero fossi andata per nulla, senza un motivo vero, tanto per svagarmi, non me lo potrei perdonare. Si offrì di ospitarmi e accettai: senza quell'offerta probabilmente non avrei fatto il viaggio, avrei mandato il figlio da solo se davvero fu questione di accompagnare un figlio. Nei begli alberghi si spendeva troppo e a una pensione non volevo ricorrere: avrebbe inutilmente sancito la mia condizione di donna sola, con pochi mezzi.

Trovai in quella casa le tracce di mia sorella, certi suoi vestiti, libri, anche fotografie, nel cassettone un profumo – che dico, un profumo? –, una colonia con un fazzoletto piegato accanto, delle forcine nel cassetto del comodino, un trifoglio secco tra le pagine di un libro, in cucina un sacchetto bianco di carta con dentro i fiori del tiglio, del nostro tiglio, per fare il tè la sera, alcune delle nostre marmellate, fatte con le nostre ciliegie, le nostre fragole, i nostri ribes, con sull'etichetta la scrittura appuntita di mamma che aveva segnato il frutto e l'anno. Piacevano evidentemente, le nostre marmellate, al dottore di Clara.

Spiai mia sorella in quelle ore e ne ebbi disagio perché quella che trovai era diversa da quella che conoscevo io. Ritrovai la persona che Clara s'immaginava di essere, buona, affettuosa, domestica, tenera, piena di attenzioni. Le marmellate che a lui piacevano, la tisana per farlo riposare tranquillo la notte, le fotografie di mamma e papà, dei figli miei, anche di me, per non sentirsi spaesata, e quel fazzoletto, grande e bianco come quello di un uomo, che in sé non diceva niente, ma a me toccava il cuore, così piegato, fresco, accurato, odoroso di colonia. Mi pareva di vederglielo fra le mani, lunghe, pulite e un po' secche come quelle di una monaca, ma in movimento sempre, non tranquille, non contente, come quelle delle monache.

Lo sentivo come un simbolo di lei, ordinato, severo, senza fronzoli: fresca ma non bella, luminosa ma non allegra, e quelle gocce di colonia dicevano che avrebbe voluto essere seducente senza riuscirci. Ero a disagio mentre esaminavo le tracce che mi aveva lasciato. Tracce tenui ma eloquenti per me: m'inquietavano suggerendomi che forse, dopo tutto, Clara era proprio come questa sua ombra che trovavo, premurosa, gentile, discreta, amorosa, e che tutto il resto non era che un'invenzione cresciuta sulle mie fantasie.

Anche il dottore senz'altro la percepiva come gli rivelavano quegli oggetti sparsi per casa: una benedizione una donna così, una compagna forte, solida, innocente come il fazzoletto, il tè di tiglio, i vestiti appesi bene in ordine, con discrezione, nell'armadio di lui, vicini ma non mescolati a pantaloni e giacche, appena un po' discosti come per non disturbare. Le marmellate mi fecero un po' rabbia perché a casa le risparmiava sempre, le teneva da conto come provviste preziose e poi eccole qua, in abbondanza. Fatte da mamma, da Beppina, da Clara ma anche da me, una delle poche cose di cucina che sapevo fare meglio di lei; non seppi trattenermi dal dire al dottore che quei vasetti di ciliegie, proprio quelli, li riconoscevo, li avevo preparati io.

Perché ho dimenticato quella vestaglia e le pantofole nel suo armadio? Non certo per segnare un terreno di conquista come per anni mi ha poi comunicato il glaciale silenzio di mia sorella; né le avevo riposte io in quell'armadio. L'avrà fatto una sua governante o cameriera credendoli indumenti di mia sorella. Né lui probabilmente ne seppe mai nulla.

Vestaglia e pantofole le ho dimenticate perché sono partita in fretta e non volevo più vederlo in faccia neppure un momento. Come inseguita da un assassino ho preso la valigia e l'ho riempita in fretta buttando dentro il vestito, i sandali, la biancheria, tutto in disordine, sembrandomi che egli stesse già salendo le scale. Né m'importava di quelle mie cose. Via, via, scappai dalla città e mi ricordo che ero sola, non c'era con me nessuno dei miei figli, fu meglio così per non essere costretta a raccontare.

Avevo spiato troppo sulle tracce di un'immaginaria sorella: quando fui in treno senza più la paura di doverlo di nuovo incontrare, seduta con il respiro rotto, ebbi tempo di ripensare. Avevo aperto gli armadi, toccato i vestiti di Clara, trovato il suo profumo, le marmellate, le tisane. Poi ero passata ai cassetti, con le camicie bene in ordine, i calzini, le maglie. Ma non m'interessavano le cose di lui, cercavo la presenza di mia sorella o, meglio, la testimonianza che lei dormisse con lui, insieme nel letto, come amanti. Cosa di cui non riuscivo a convincermi, che non sapevo immaginare, lei così legnosa e monacale, tanto refrattaria ai contatti della carne che fin da piccola mai abbracciava, mai baciava nessuno, neppure la mamma. Che, se ci si avvicinava troppo, subito si ritirava come impaurita o un po' disgustata.

Non riuscivo a vederla tra le braccia del dottore, abbandonata con quel suo corpo troppo bianco e troppo asciutto. E che carezze sapevano mai fare quelle sue mani magre, eleganti e un po' maldestre? Cercavo dunque qualcosa, un segno che mi dicesse se lei veniva in quella casa come amica, infermiera, sorella, compagna, o come amante: che so, un suo reggiseno mescolato alla biancheria di lui, una mutandina dimenticata da qualche parte, con l'indifferenza dell'intimità, oppure una sottoveste tra i pigiami, dove il pizzo e la seta venissero a giacere sul più resistente tessuto a righe nello stesso modo in cui la pelle morbida di lei avrebbe potuto stare a contatto con quella più ruvida di lui. Cercavo un segno per sapere infine. Troppe volte ero stata sveglia di notte ad aspettare l'incrocio dei passi fuori della mia stanza, a spiare lo scricchiolio del legno domandandomi cos'era stato. La mia fantasia, il vento o qualcuno che si era alzato davvero ma forse solo per andare a bere? Sentendomi vecchia e messa da parte, là, sola nel mio letto, io che mi ero ripromessa tanto, e tanto mi ero aspettata. Né mai davanti a me si erano dati una mano, un bacio, una carezza che mi avesse lasciato intendere.

Avevo frugato con ansia, frenetica di trovare tracce di loro due insieme: era stata la gelosia a incalzarmi, non gelosia di lui ma di lei che aveva ancora qualcuno con cui mescolare i vestiti nell'armadio. Mi ero sdraiata sul letto grande dove dormiva il dottore, per ritrovare la forma dei due corpi sul materasso, per meglio immaginarmi di essere mia sorella. Ancora non contenta avevo aperto il comodino, ritrovato quelle forcine; poi in basso nei ripiani, sempre cercando un segno dei loro amori, avevo trovato una scatola di legno piena di carte: le lettere che lei gli aveva scritto? La prova di quello che cercavo, parole dolci, parole audaci, parole che mi avrebbero dato certezza? No, carte vecchie del dottore, della guerra, documenti, lettere, fotografie, buste, biglietti, ricordi, ordini graffiati su carta ormai quasi consumata, già spezzata nelle pieghe, lasciapassare, tessere annonarie, indirizzi, indicazioni, tessere fasciste di persone che non conoscevo, due, tre, quattro, una piccola busta di cuoio marrone malandata, che conoscevo, con dentro un paio di foglietti macchiati di scuro, coperti di scrittura fitta, una scrittura improvvisamente familiare. E insieme una tessera fascista, un'altra, di Tullio, il mio Tullio.

Il portafogli che addosso al morto non era stato possibile ritrovare, e neppure nella casa dove si era tenuto nascosto. Lo avrà seppellito, buttato per paura di farsi scoprire, mi ero detta a quel tempo, oppure sarà stato un ladro sciacallo, credendolo un portamonete, a prenderselo dal cadavere? Sì, certo, questa era la spiegazione, perché sempre avevo visto Tullio portarsi addosso quella busta, giorno dopo giorno, con qualsiasi vestito. Invece non era stato un ladro, ma il dottore di mia sorella, che dal corpo sanguinante si era preso il portafogli. Come un trofeo, come testimonianza di un ordine eseguito o per una sua personale contabilità di guerra? E il nemico fascista se l'era trovato da solo o qualcuno – mia sorella? – glielo aveva indicato? Lasciandosi scappare un'osservazione sul cognato gerarca nascosto in campagna oppure offrendoglielo a espiazione del male che le era venuto da me?

Dopo non ci fu più niente, solo un mare piatto e pesante dove non si poteva andare né indietro né avanti; ciascuna nella sua barca, vicine, come se non ci fossimo state che noi due sorelle, spariti tutti gli altri. Riuscimmo a non dirci niente, mai, sebbene per anni non pensassi ad altro, ricostruendomi la vicenda notte per notte: era stata lei a rivelare il nascondiglio, scoperto in qualche modo, da qualche mio discorso? Oppure era stato il dottore a fare tutto e lei si era limitata a stare a guardare senza avvertirmi del pericolo? O invece non aveva saputo nulla, all'oscuro come me, più di me? Non gliel'ho chiesto, non glielo chiedo più: penso – non potrei più vivere qui se non lo pensassi – che lei non fosse al corrente ma che dopo abbia saputo, in qualche momento, senza per questo interrompere le relazioni con quel dottore. Ho deciso così, per amministrare meglio il mio rancore, per controllarlo, tenerlo addomesticato, per sopravvivere. E mi sono occupata d'altro, ho preferito riempirmi la mente con i minimi sgarbi quotidiani, le parole acide, le incomprensioni, i dispetti, le immaginarie vendette. In questo modo sono riuscita a tenere rinchiusi i fantasmi di quel passato.

Solo adesso che sono vecchissima e fragile, non ne sono più così capace: sfuggono ogni tanto, di notte, e mi fanno ritrovare di mattina disfatta e stanca come dopo un combattimento. Quando non ne posso più, mi consolo dicendomi che non durerà a lungo. Voglio essere la prima ad andarmene, secondo una corretta contabilità dei morti, perché sono la maggiore: m'illudo che potrebbe essere una vendetta, che lasciandola sola sia costretta a compatirsi, a compatirmi, ad amarmi un poco, nel ricordo.

Fotocomposizione:
Nuovo Gruppo Grafico - Milano

Finito di stampare
nel mese di novembre 1991
per conto della Longanesi & C.
dalle Officine Grafiche Fratelli Stianti
di Sancasciano (Firenze)
Printed in Italy

Una nuvola sulla sabbia
di Gabriella De Ferrari

Seducente e impenetrabile tiranna, Dora di
Credi riesce a piegare ai suoi desideri tutto ciò
che la circonda – uomini, ricchezze, affetti –,
compresa sua figlia Antonia, sensibile e vulne-
rabile. Ma Antonia, guidata dall'amore e dalla
comprensione come Dora lo è dall'indifferenza e dal disprezzo, lotterà con tenacia per dare
un senso alla sua vita e a quella delle persone
che la amano... Sospeso tra la realtà e il sogno,
Una nuvola sulla sabbia è la sorprendente ope-
ra prima di una scrittrice la cui rara sensibilità
psicologica si unisce a una straordinaria capa-
cità immaginativa.

Un successo Longanesi & C.